जीने की राह पुस्तक-श्रंखला

प्रोफ़ेशनल प्रबंधन

धन-संपत्ति का उचित
प्रबंधन भी है सुख का कारण

पं. विजयशंकर मेहता

मंजुल पब्लिशिंग हाउस

मंजुल पब्लिशिंग हाउस

कॉरपोरेट एवं संपादकीय कार्यालय

द्वितीय तल, उषा प्रीत कॉम्प्लेक्स, 42 मालवीय नगर, भोपाल-462003

विक्रय एवं विपणन कार्यालय

7/32, भू तल, अंसारी रोड, दरियागंज, नई दिल्ली-110002

वेबसाइट : www.manjulindia.com

वितरण केन्द्र

अहमदाबाद, बेंगलुरू, भोपाल, कोलकाता, चेन्नई,
हैदराबाद, मुम्बई, नई दिल्ली, पुणे

यह हिन्दी संस्करण 2016 में पहली बार प्रकाशित

ISBN 978-81-8322-722-3

मुद्रण व जिल्दसाज़ी : थॉमसन प्रेस (इंडिया) लिमिटेड

इस पुस्तक के लेखक होने की नैतिक ज़िम्मेदारी पं. विजयशंकर मेहता की है।

लेखक - परिचय

- 20 वर्षों तक रंगकर्म तथा पत्रकारिता के बाद पिछले 10 वर्षों से विभिन्न आध्यात्मिक विषयों पर व्याख्यान का लोकप्रिय सिलसिला।
- जीवन से जोड़ते हुए नई दृष्टि से *श्रीमद् भागवत* महापुराण कथा, श्रीराम कथा पर देश और दुनिया में व्याख्यान।
- लगभग 70 विषयों पर विचारोत्तेजक व्याख्यान–श्रंखला।
- देश के ख्यात हिंदी अख़बार *दैनिक भास्कर* के 'जीने की राह' कॉलम के लेखक के रूप में लोकप्रिय।
- युवाओं के बीच 'मेरा प्रबंधक मैं' जैसे विचार के लिए लगातार आमंत्रित।
- *94.3 माय एफ़ एम* रेडियो के सभी केन्द्रों से प्रतिदिन सुबह जीवन–प्रबंधन पर विचार व्यक्त करते हुए सुने जा सकते हैं।
- जीवन–प्रबंधन समूह के पांच उद्देश्यों को लेकर हर वर्ग के बीच जा रहे हैं :

  हनुमान चालीसा मंत्र बने, हनुमानजी माताओं–बहनों के जीवन में उतरें, हनुमानजी युवाओं के रोल मॉडल बनें, पूजा पाठ से पाखंड हटे, परिवार बचाओ अभियान।

सफल तो होना ही है, पर शांत और प्रसन्न रहें...

एक सुझाव, एक मांग...

ज़रा मुस्कराइए...

प्रबंधन के इस युग में सफल से सफल व्यक्ति भी आंतरिक शक्ति के मामले में असफल हो जाता है। बाहर से प्रसन्न, प्रतिष्ठित और प्रगतिशील दिख रहे चेहरे भीतर से बहुत उदास हैं। जिसको भीतर से स्पर्श करो वही बुझा-बुझा सा, परेशान सा लगाता है। यहां आकर आधुनिक प्रबंधन में भी अध्यात्म की आवश्यकता होती है। अध्यात्म का सीधा सरल अर्थ है आत्म के पास स्थित होना।

मैं देश और दुनिया में अपने प्रवचन और व्याख्यान के लिए घूम रहा हूं। मुझे कई लोग मिलते हैं, अपनी अनेक समस्याओं के साथ। मैं उनके प्रश्न एकत्रित कर लेता हूं और भारत के ख्यात समाचार-पत्र *दैनिक भास्कर* में प्रकाशित हो रहे 'जीने की राह' कॉलम में उन्हीं प्रश्नों के उत्तर लिख देता हूं। यह पुस्तक उन हज़ारों उत्तरों में से पंक्तियों को समेटकर तैयार की गई है।

यदि आप गहराई और आत्मीयता से देखेंगे तो हर पृष्ठ एक आईना बन जाएगा, क्योंकि किसी एक का सवाल अनेक लोगों का जवाब बन गया है।

– पं. विजयशंकर मेहता
(जीवन प्रबंधन गुरु)
28, महेश विहार, महामृत्युंजय द्वार के पास,
इंदौर रोड, उज्जैन (म.प्र.)
मोबाइल नं. 094251-95895

1

दूसरों पर न टिकें, ख़ुद पर रुकें

ज़िंदगी है तो समस्याएं बनी ही रहेंगी। संसार में जीते हुए एक समस्या समाप्त करो तो दूसरी पैदा हो जाती है। पहली समस्या का समापन दूसरी के लिए नींव का काम कर जाता है। समस्याएं हमेशा के लिए समाप्त हो जाएं इसमें पूरी ताक़त झोंकने से अच्छा है समाधान की कला सीखने में ऊर्जा लगाई जाए।

समाधान का ही एक नाम है उपाय। अंग्रेज़ी में इसे रेमेडी भी कहा गया है। आपको सांसारिक समस्याएं निपटाना हो या आध्यात्मिक, उपाय की आवश्यकता ज़रूर पड़ेगी। सबके अपने-अपने इलाज है, तरकीब और तरीक़े हैं। आइए *स्कंद पुराण* के अवंति खंड में चलते हैं। यहां *श्रीसत्यनारायण व्रतकथा* का वर्णन है। इसमें आरंभ में ही विष्णुजी और नारद का एक वार्तालाप आया है।

-केनोपायेन चैतेषां दुःखनाशो भवेद् ध्रुवम् किस उपाय से इनके दुःखों का नाश हो सकता है। इसी उपाय को आजकल की भाषा में फ़ंडा बोलते हैं। आज हर स्तर पर उपाय की आवश्यकता है। अर्जुन का उपाय श्रीकृष्ण थे, सुग्रीव का उपाय श्रीहनुमान रहे। बहुत छोटे-छोटे आध्यात्मिक उपाय बड़े-बड़े परिणाम दे देते हैं।

जब हम अशांत होते हैं तो शांति अपने आसपास या दूसरों से प्राप्त करने की कोशिश करते हैं। दूसरों पर मत टिकें ख़ुद पर रुकें। दूसरों में प्रवेश से अच्छा होगा ख़ुद के भीतर गहरे उतर जाएं। बहुत सूक्ष्म में जाने

पर पाते हैं कि हमारी अशांति का कारण हम ही निकलते हैं। इसलिए अशांति के दौर में अपना ही अवलोकन करें। इस अवलोकन का अर्थ है स्वयं पर दृष्टिपात करना।

अपने ही पर्यवेक्षक बना जाएं। ध्यानपूर्वक जुड़कर देखें। अपने प्रति एक अनुसंधान की दृष्टि और वृत्ति रखें। यह छोटा सा उपाय जो स्वयं के प्रति तटस्थ दर्शन और दुनिया के प्रति तटस्थ भाव होगा। यहीं से आप कर्ता की जगह दृष्टा बन जाएंगे और यह उपाय शत-प्रतिशत शांति दे जाएगा।

जीवन में समस्याएं कभी समाप्त नहीं होतीं। एक को सुलझाओ तो दूसरी तैयार हो जाती है। समस्याएं हमेशा के लिए समाप्त हो जाएं इसमें पूरी ताक़त झोंकने से अच्छा है वह ऊर्जा उनके समाधान की कला सीखने में लगाई जाए।

2

निराशा का समाधान है शरणागति

भक्त भगवान की प्रार्थना करता है यह एक सामान्य घटना है, लेकिन भगवान भी भक्त को आमंत्रित करते हैं कि आओ, मेरे पास आओ। इस निमंत्रण को बहुत बारीक़ी से सुनना पड़ता है। *बाइबिल* में एक जगह जीसस ने कहा है – *'बहुत परिश्रम करने के कारण तुम लोग बोझ से लदे हो, तुम सभी मेरे पास आओ, मैं तुम्हें आराम दूंगा।'* यह जो आराम का आश्वासन, विश्राम देने का विचार ईश्वर की ओर से हमें आया है इसे ठीक से समझ लें तो जीवन में शांति आने में आसानी हो जाएगी।

इस आमंत्रण को अध्यात्म ने एक सुंदर शब्द दिया है शरणागति। संसार में काम करते हुए परिणाम लेने की हमारी एक सीमा होती है। कभी-कभी आदमी अपने ही पुरुषार्थ के बोझ से दब जाता है। इससे आई हुई थकान कब निराशा में बदल जाती है पता ही नहीं चलता।

इसका प्यारा-सा समाधान है शरणागति। इस शरण में जाने को आलस्य न समझ लिया जाए। शरणागति में भरोसे का भाव होता है और भरोसा अपने आपमें एक हिम्मत है। करना सब कुछ हमको ही है लेकिन शरणागति हमारे कर्म में सहयोगी, ताक़त, स्पष्टता, स्फूर्ति, उत्साह और परिणाम के प्रति अनासक्त बना देती है।

धर्म कोई भी हो इस आध्यात्मिक आह्वान को लेकर सभी का स्वर एक जैसा है। बुद्ध ने जिसे शरण कहा है उसे ही महावीर ने अपनी दया घोषित किया, कृष्ण ने *गीता* में इसे ही मेरे भरोसे का नाम दिया,

नानक कह गए चिंता छोड़ो और मुहम्मद ने इसे तेरी रहमत कहकर हमें बेफ़िक्र रहने का मंत्र दे दिया।

आज के प्रबंधन के युग में इस शरणागति को बोनस समझ लें। लेन-देन के दौर में सैलेरी से बोनस ज़्यादा प्यारा और उपयोगी लगता है।

कभी-कभी जब हम निराशा में डूब जाते हैं तो ईश्वर स्वयं हमें बुलाता है। इस आमंत्रण को अध्यात्म में शरणागति कहा गया है। धर्म कोई भी हो, इस आध्यात्मिक आह्वान को लेकर सभी का स्वर एक जैसा है। बुद्ध ने जिसे शरण कहा है उसे ही महावीर ने दया तो कृष्ण ने भरोसे का नाम दिया है।

3

भक्त बनना है तो जानकारियों को जीना पड़ेगा

शिक्षा के इस युग में पढ़ने-लिखने के दौर में जानकारियों का बड़ा महत्त्व हो जाता है, लेकिन जब आध्यात्मिक यात्रा आरंभ करें तो केवल जानकारियों पर ही न टिक जाएं। सभी धर्मों के शास्त्र भरपूर जानकारी समेटे हैं। हमारी कोशिश भी यही रहती है कि आंकड़ों की तरह उनसे जानकारियां हासिल कर लें। जबकि शास्त्रोक्त जानकारियां सिर्फ़ मोड़ हैं, अंतिम पड़ाव नहीं। इनमें संकेत है, सब कुछ नहीं है। ये साधन हैं, साध्य नहीं। ये मात्र इशारे हैं, ईश्वर नहीं हैं। इसलिए अपने धार्मिक इतिहासों से केवल सूचना ही नहीं, समझ लेने की क्रिया ज़ारी रखी जाए।

धर्मशास्त्रों से जानकारियों को लेकर केवल शारीरिक ज्ञान बढ़ाया तो हाथ कुछ नहीं लगेगा। तैयारी जीने की करनी होगी। *कुरान मज़ीद* अद्‌भुत पुस्तक है। इसके पृष्ठों पर केवल अल्लाह की इबारत और तारीफ़ ही नहीं, सृष्टि (कायनात) को लेकर कई जानकारियां हैं, भटके हुए लोगों के किस्से भी हैं, जंग और जिहाद के तौर तरीक़े हैं, समाज कैसे चले इसके नियम-क़ायदे हैं, फ़ैसले कैसे हों और फ़तवे क्यों दिए जाएं इस पर भी दबे छुपे या साफ़-साफ़ इशारे हैं। लेकिन कई पंक्तियां कमाल की हैं जो मुहम्मद की ध्यानावस्था में उन पर उतरी हैं।

कुरान में एक जगह पढ़ने में आता है जब तुम पढ़ते हो तो रोओ। ये करुणा में जीने के लिए कहे गए अमृत कण हैं। *कुरान* के शब्दों में

केवल जानकारियों पर टिके लोगों ने शब्दों को ज़हरीले तीर बना लिया इसीलिए ऐसे अमृत बिंदु कहीं खोते चले गए। केवल जानकारियां जीवन को बुद्धिमान तो बना सकती हैं लेकिन भक्त बनना है, सच्ची इबादत करना है तो उन जानकारियों को जीना पड़ेगा। केवल सूचनाओं पर न टिकें आगे सत्य तक जाएं।

विभिन्न धर्मों के शास्त्र जानकारियों से भरे हैं। लेकिन इन धार्मिक इतिहासों से केवल सूचना ले लेना ही पर्याप्त नहीं है। केवल जानकारियां जीवन को बुद्धिमान तो बना सकती हैं लेकिन भक्त बनना है तो उन जानकारियों को जीना पड़ेगा।

4

...देखिए कीचड़ में कमल कैसे खिलता है

'कीचड़ में कमल खिलता है' यह एक सामान्य सी कहावत है और प्रकृति का सच्चा अनूठा दृश्य है। कमल बेजोड़ और सर्वमान्य तो है ही, हिंदू देवताओं का अलंकरण और पूजा की सामग्री भी है।

बात कीचड़ की भी कर लें। पहली बात तो यह कि कीचड़ को सिर्फ़ कीचड़ ही न समझा जाए, इसमें कमल होने की संभावना छिपी हुई है। यदि नज़र में परमात्मा है तो कीचड़ के भीतर छिपा कमल हम प्राप्त कर सकेंगे, अन्यथा सतही दृष्टि से तो कमल को भी हम कीचड़ बनाकर छोड़ देंगे। कीचड़ और कमल के परमात्मा के नियम को और थोड़ा खुलकर समझ लें। दुनियादारी में जितने गहरे उतरते जाएंगे, आपको कीचड़ के मायने समझ में आने लगेंगे।

अब यदि बाहर कमल खिल सकता हो तो हमारे भीतर क्यों नहीं। हमारे शरीर के श्रेष्ठतम और सातवें चक्र सहस्रार का स्वरूप खिले कमल जैसा है। आपके भीतर कीचड़ में कमल खिलने का अर्थ है अब आप जो भी काम करेंगे पूरी तरह होश में करेंगे। कमल के रूप में आपका जागरण खिला है। होश का अर्थ है आप अपने ही कृत्य के दृष्टा हो गए। इस कमल खिलाने की क्रिया का नाम है ध्यान। पर ध्यान के लिए लोगों के पास समय की झंझट है कि कब करें ध्यान।

समय के मामले में दो तरह के लोग हैं। एक वे हैं जिन्हें चौबीस घंटे भी कम पड़ रहे हैं और दूसरे वे जिन्हें भारी पड़ रहे हैं कि चौबीस

घंटे बिताएं तो कैसे बिताएं। एक मध्य मार्ग निकाला जा सकता है। 24 घंटे होश की चिंता छोड़ें। सिर्फ़ पांच या दस मिनट, पूरी तरह से ध्यान में बिताएं। थोड़ी देर का मेडिटेशन पूरे चौबीस घंटे पर प्रभाव रखेगा। करके देखिए पता लग जाएगा, कीचड़ में कमल कैसे खिलता है। शुरुआत कर सकते हैं सिर्फ़ इतना करते हुए ज़रा मुस्कराइए....।

कीचड़ को सिर्फ़ कीचड़ ही न समझा जाए। इसमें कमल होने की संभावना छिपी रहती है। ऐसा ही शरीर कर मामला है। थोड़ी देर का ध्यान पूरे दिनभर अपना प्रभाव रखता है।

5

फूलमाला की तरह हो समय का संयोजन

जीवन में समय का बड़ा महत्त्व है और समय के सदुपयोग का एक तरीक़ा यह भी है कि कम समय में दक्षता के साथ काम पूरा हो जाए। यदि हम हमारे समय का आकलन करें तो पाएंगे हर पल बिखरा हुआ है। ऐसा कोई धागा नहीं होता जो इन्हें जोड़ दे। इसलिए बहुत सारे लोग अपने जीवन में समय के छोटे-छोटे टुकड़ों का ढेर बना लेते हैं, वक्त को बिखरे-बिखरे क्षण, बेतरतीब समय के खंड में बांट देते हैं। जो संत होते हैं उनके जीवन का हर पल एक-दूसरे से जीवनधारा से जुड़ा होता है, गुंथा रहता है। हर क्षण इन्टरकनेक्टेड है, एक-दूसरे से पृथक नहीं।

जन्म से मृत्यु तक ऐसी महान हस्तियों ने अपने समय को पूरा जीया है। *श्रीसत्यनारायण कथा* में नारद ने विष्णुजी से जो उपाय पूछा था उसमें आग्रह किया था कि छोटा उपाय बताएं। *तत्कथं शमयेन्नाथ लघुपायेन तद्वदा* (किस लघु उपाय से कष्टों का निवारण होगा) नारद जानते थे, आगे आने वाला युग संक्षेप का समय होगा। यह शार्टकट नहीं कट टू कट का दौर है।

नारद ने भगवान से लघु उपाय पूछा था। विष्णुजी भी सावधान थे। उन्होंने घोषणा कर दी कि *विशेषतः कलियुगे लघुपायोस्ति भूतले* (विशेष रूप से कलियुग में पृथ्वी लोक में यह सबसे छोटा सा उपाय है) आज के युग में सफलता का एक फ़ंडा है शॉर्ट, क्विक और परफ़ैक्ट। इस कथा ने इसकी घोषणा प्राचीनकाल में ही कर दी थी, लेकिन ऐसा

करते समय ध्यान रखा जाए कि यह शीघ्रता कहीं हड़बड़ाहट में न बदल जाए। वरना फिर समय के छोटे-छोटे क्षण बिखर जाएंगे।

समय का सदुपयोग फूलों की माला की तरह है और दुरुपयोग फूल के बिखरे हुए ढेर की तरह। फूलों का जब संयोजन होता है तब माला बनती है। बस, समय का भी ऐसे ही संयोजन किया जाए।

कम समय में किसी काम को कुशलता के साथ पूरा कर लिया जाना भी समय का सदुपयोग है। यह कला संतों से सीखी जाए जिन्होंने जन्म से मृत्यु तक अपने समय को पूरा जिया है।

6

आत्मसत्य से परिचित कराता है मनरूपी दर्पण

जब भी कोई नया काम करने जाएं तो शुरुआत में चार काम करें। शुभ शब्दों का स्मरण, माता-पिता को प्रणाम, परमात्मा को वंदन और गुरु को नमन। तुलसीदासजी ने *श्रीहनुमानचालीसा* का आरंभ दो दोहों से किया है - *श्री गुरु चरन सरोज रज, निज मनु मुकुरु सुधारि। बरनउं रघुबर बिमल जसु, जो दायकु फल चारि।।* इसका सीधा-सा अर्थ है गुरु के चरण की रज (धूल) से मनरूपी दर्पण को साफ़ करता हूं और भगवान के उस विमल यश का गान करता हूं जो चार फल देने वाला है।

यहा धूल और दर्पण दो शब्द आए हैं। तुलसीदासजी ने कुछ उल्टी बात लिख दी। धूल को साफ़ किया जाता है, धूल से साफ़ नहीं किया जाता, लेकिन वे लिख रहे हैं गुरु के पैर की धूल से मनरूपी दर्पण को साफ़ करता हूं। यहां गुरु के पैर की धूल का अर्थ है गुरुकृपा और मन एक दर्पण की तरह माना गया है। चित्र और दर्पण में अंतर होता है। चित्र भूतकाल है और आईना वर्तमान काल। *हनुमानचालीसा* दर्पण है। इसमें जब भी हम देखेंगे, हमारी ताज़ी तस्वीर नज़र आएगी।

दर्पण देख हम स्वयं को ठीक करते हैं, श्रृंगारित करते हैं, इसी तरह *हनुमानचालीसा* में झांककर स्वयं के व्यक्तित्व को निखारें, सुसज्जित कर लें। बाहरी दर्पण तो केवल शरीर सजाने के काम आता है लेकिन मनरूपी दर्पण उस सत्य से हमारा परिचय करा देता है जो हम ही जानते

हैं हमारे बारे में। जब इस दर्पण में भ्रम, संदेह की धुंध जम जाए तो वह गुरुकृपा से ही दूर होगी। जब भी हम जीवन में भ्रमरहित, संदेहमुक्त होकर कोई कार्य आरंभ करेंगे तो सफलता सुनिश्चित तथा स्थायी होगी।

हनुमानचालीसा का जाप हमारे संपूर्ण व्यक्तित्व को निखार देता है। बाहरी दर्पण तो केवल शरीर सजाने के काम आता है लेकिन मनरूपी दर्पण हमारा परिचय उस सत्य से करा देता है जो हमारे बारे में हम ही जानते हैं।

7

बुद्धि से प्रज्ञा और प्रज्ञा से सत्य तक पहुंचने का प्रयास करें

धर्म के कितने ही नाम रख दिए जाएं परंतु उसके भीतर का सत्य एक ही रहेगा। इस सत्य को केवल बुद्धिमान होकर नहीं पाया जा सकता। हां, संसार को आसानी से पाया जा सकता है, यदि हम बुद्धिमान हैं तो। अफ़सोस है कि आज के दौर में बुद्धिमानी का उपयोग स्वयं को आगे बढ़ाने और दूसरों को पछाड़ने में ही किया जा रहा है।

इस काल में बुद्धिमान लोग षड्यंत्र, भ्रष्टाचार, शोषण, दमन और सांप्रदायिकता की ओर बढ़े पर सत्य की ओर नहीं चले। वास्तव में सत्य की खोज तब शुरू होती है तब बुद्धि प्रज्ञा में बदलती है। बुद्धि जब परिष्कृत हो जाए तब प्रज्ञा कहलाती है। आत्मज्ञान की ओर बढ़ती हुई बुद्धि को प्रज्ञा कहते हैं। इसलिए प्रयास हो कि बुद्धि से प्रज्ञा और प्रज्ञा से सत्य हाथ में आए। हिंदू शास्त्रों ने इस घोषणा को बार-बार किया है। इसी बात को इस्लाम ने भी क़बूल किया है।

हज़रत मुहम्मद पर रोशन किताब *कुरान* में यह आयत उतरी है। जरा इस अजीम दुआ को पढ़ें - *वा कुल, रब्बी जिदनी इल्मन (ऐ-परवर दिगार मेरा इल्म और बढ़ा।)* इल्म बढ़ाने की बात वही है कि बुद्धि से प्रज्ञा की ओर जाना। वरना सत्य हाथ कैसे लगेगा। इबादत के दूसरे मायने यही है कि सच को पकड़ लेना। सत्य पाने के दो तरीक़े

हैं। शास्त्र पढ़ें या सत्संग सुनें। बात केवल पढ़ने पर ही ख़त्म नहीं होती। जब सुनें तो भी गहराई से सुनें।

बौद्ध और जैन धर्म ने एक शब्द दिया है श्रावक। इसका सीधा सा अर्थ है जिन्होंने संतों को श्रवण किया है। ध्यान रखें श्रोता और श्रावक होने में फ़र्क़ है जिन्होंने कान से सुना वे श्रोता और जो प्राण से सुनते है वे श्रावक। इस स्थिति में बुद्धि प्रज्ञा की ओर बढ़ती है। प्रज्ञा पाने का एक सरल तरीक़ा है ज़रा मुस्कराइए...

सत्य की खोज तब शुरू होती है जब बुद्धि प्रज्ञा में बदलती है। बुद्धि परिष्कृत हो जाए तो प्रज्ञा कहलाती है। प्रयास ऐसा हो कि बुद्धि से प्रज्ञा और प्रज्ञा से सत्य तक पहुंचा जाए।

8

विचार शून्यता से रोकें चित्त की चंचलता

चित्त की चंचलता पूरे जीवन में हलचल मचाती रहती है। चंचल चित्त अनेक परिणाम देता है उनमें से एक है स्वप्न। स्वप्न हमें बताते हैं हमारे जीवन में कहां कमी हो गई है। जो-जो चीज़ अपर्याप्त हो गई, जिनका अभाव बन गया हम उन चीज़ों का सपना देखने लगते हैं। हमने जो दुनिया से छुपाया है सपने हमें उन्हें बता देते हैं।

गांधीजी कहा करते थे दिनभर तो मैं ब्रह्मचर्य साध लेता हूं, कोई परेशानी नहीं होती। संयम मेरी मुट्ठी में रहता है किंतु रात को मैं सपनों में नहीं संभाल पाता, संयम फिसल जाता है। गांधी सच्चे आदमी थे तो उन्होंने बयां भी कर दिया लेकिन हम सपनों पर भी आवरण ढंक देते हैं। हमें जागते हुए तो झूठ की कला आती ही है सोते हुए भी सच से दूर हो जाते हैं।

गौतम बुद्ध ने इसीलिए चित्त पर बहुत काम किया है। उन्होंने कहा है चित्त चंचल है, मुश्किल है इसे रोकना। इससे मुक्ति भी नहीं पा सकते। समझदार लोग चित्त को ऐसा सरल बना लेते हैं जैसे धनुष-बाण बनाने वाला बाण को सीधा बनाता है। बाण जितना सीधा होगा लक्ष्य पर उतनी ही तीव्रता और सही ढंग से पहुंचेगा। चित्त को मिटाना नहीं है, चित्त को समझ लेना है। लोग अपनी सारी ऊर्जा चित्त को मिटाने में, उससे झगड़ा करने में लगा देते हैं। इसीलिए चंचल चित्त को लेकर परमात्मा तक नहीं पहुंच पाते।

परमात्मा सदैव से है। भगवान की विशेषता यह है कि वह हमेशा रहता है। जो शाश्वत है उसे ढूंढ़ने में चंचल चित्त बाधा पहुंचाता है। जैसे जमे हुए पानी में पत्थर फेंक दें तो दिखती हुई परछाईं टूटने लगती है। ऐसे परमात्मा का चित्र चंचल चित्त में बन नहीं पाता लेकिन वह है ज़रूर। चित्त की चंचलता विचार शून्य होकर रोकी जा सकती है और उसका एक तरीक़ा है ध्यान। इसका आरंभ करें और ज़रा मुस्कराइए...।

बाण जितना सीधा होता है उतनी ही तीव्रता और सही ढंग से लक्ष्य पर पहुंचता है। हमारे चित्त को भी ऐसा ही ढालना पड़ता है। चंचल चित्त में परमात्मा का चित्र नहीं बन पाता।

9

अहंकार रहित चित्त में ही उतरता है परमात्मा

ज्ञानियों को दुर्गुण से दूर रहना चाहिए। ज्ञान और सद्‌गुण एक साथ कैसे रहें इसकी कला हनुमानजी जानते हैं। *हनुमानचालीसा* की पहली चौपाई में इन्हें ज्ञान और गुण का सागर लिखा है। *'जय हनुमान ज्ञान गुन सागर, जय कपीस तिहुं लोक उजागर।'* ज्ञान और गुण के सागर हनुमानजी आपकी जय हो। तीन लोक (स्वर्ग, भू और पाताल) आपसे प्रकाशमान हैं। अतः आप कपीस यानी वानरों के राजा हैं। इनका पहला नाम हनुमान लिखा है। जब इन्होंने सूर्य को मुंह में रख लिया था तब इन्द्र ने वज्र का प्रहार कर सूर्य को मुक्त कराया था। इंद्र के प्रहार से इनकी ठोढ़ी टूट गई थी। संस्कृत में ठोढ़ी को हनु कहा है, अतः इनका एक नाम हनुमान पड़ा।

लेकिन हनुमान का एक महत्त्वपूर्ण अर्थ है – जो अपने मान का हनन कर दे वो हनुमान है। हनुमान के भक्त को निराभिमानी होना चाहिए। परमात्मा अहंकार शून्य चित्त में ही उतरते हैं। इन्हें ज्ञान, गुण का सागर कहा है मंदिर नहीं। एक फ़र्क़ है कि मंदिर में पवित्र होकर जाया जाता है। योग्यता मनुष्य की पहचान कैसे बन जाती है देखिए कपीस लिखा है हनुमानजी को।

वानरों के राजा सुग्रीव थे, हनुमानजी तो उनके मंत्री थे, परंतु तुलसीदासजी का मानना है जो लोगों के दिल पर राज करे वह असली

राजा है। इसलिए उन्होंने हनुमानजी को राजा संबोधित किया। हनुमानजी पद से नहीं, पद हनुमानजी के नाम से जाना जा रहा है। योग्यता से प्रतिष्ठा को किस प्रकार जोड़ा जा सकता है यह इस चौपाई से पता चलता है, तिहुंलोक उजागर का अर्थ है अपने सद्‌कर्मों से प्रतिष्ठा अर्जित की जाए तथा उसे सीमित न रखें, उसका विस्तार हो ताकि अधिक से अधिक लोग उससे प्रेरित हो सकें। हनुमान केवल पूजनीय नहीं प्रेरक भी हैं।

भक्त को निराभिमानी होना चाहिए। अहंकारी मनुष्य ईश्वर को पसंद नहीं होते। परमात्मा अहंकार शून्य चित्त में ही उतरता है।

10

अपनी प्रकृति को समझें, असली आनंद यहीं बसा है

हम निर्णय लेते हैं आज से ऐसा ग़लत काम नहीं करेंगे और सही काम करके ही रहेंगे। फिर हम ही पाते हैं कि हमारे निर्णय हमारे ही कारण पूरे नहीं होते। समझ लीजिए केवल निर्णय लेने से कुछ होने वाला नहीं है। सवाल निर्णय लेने का नहीं है सवाल है हमारी प्रकृति के रूपांतरण का।

हमारी प्रकृति के सामने निर्णय छोटे पड़ जाते हैं। निर्णय लेने के पूर्व अपनी प्रकृति को समझें। स्वयं से पूछें मेरी प्रकृति क्या है? आप अपने चित्त की प्रकृति को जितना समझते जाएंगे उतने ही जागरूक होते जाएंगे। जैसे-जैसे अपनी प्रकृति समझ में आती जाएगी वैसे-वैसे विषयों से बचना आता जाएगा और असली आनंद यहीं बसा है।

फ़क़ीरों ने ढाई प्रकार का आनंद बताया है। पहला है परमानंद या ब्रह्मानंद। जब जीवात्मा, परमात्मा में लीन होता है तो यह परमानंद है, यह पूर्ण इकाई है। काव्यानंद आनंद का दूसरा भाग है जो पूर्ण है। तीसरा है विषयानंद जो सांसारिक आनंद है। इसमें इन्द्रियां मन को क्षणिक तृप्ति पहुंचाती हैं। इसे आधा माना गया है। इस ढाई प्रकार के आनंद में विषयानंद का सीधा परिणाम है रोगी हो जाना।

विषयानंद और अस्वस्थता एक-दूसरे का पर्याय हैं। चिकित्सक कहते हैं स्वस्थ शरीर हो, संत कहते हैं स्ववश शरीर हो। वैसे ही मन

स्वस्थ हो इससे ज़्यादा ज़रूरी है स्ववश हो। स्ववश मन का अर्थ है कोई भी काम करते हुए उद्वेग, हड़बड़ाहट, हलचल या बेचैनी न हो। विचारों का प्रवाह कम से कम हो और जितना भी हो नियंत्रित हो। क्योंकि मन में जो हलचल होती है वह इन्द्रियों से प्रकट होती है, सारे अंग सक्रिय होने लगते हैं। मनुष्य के व्यवहार में गड़बड़ होना शुरू हो जाती है और इसी कारण लिए हुए निर्णय अपूर्ण रह जाते हैं।

कोई भी निर्णय लेने से पहले अपनी प्रकृति को समझें। जैसे-जैसे अपनी प्रकृति को समझते जाएंगे वैसे-वैसे विषयों से बचना आता जाएगा। जीवन का असली आनंद इसी में है।

11

सत्संग से शांत व निर्बाध हो जाती है जीवन यात्रा

आदमी अपनी प्रगति के लिए जिस तेज़ी से ख़ुद को और अपने समाज को दौड़ा रहा है वह तेज़ी उसे एक दिन या तो गिरा देती है या फिर उस निराशा में डाल देती है जहां उसे लगता है हम वहां नहीं पहुंचे जहां पहुंचना चाहिए था। मंज़िल की तलाश में मार्ग ही बदलते रहते हैं। आज के प्रबंधन की भाषा में यह रिज़ल्ट ओरिएंटेड युग है। परिणाम पाने के लिए आदमी किसी भी हद तक चला जाता है और सब कुछ उपलब्ध करने के साथ बेचैनी भी हासिल कर लेता है।

दरअसल सारी दौड़ एकतरफ़ा हो गई है। नियम बना दिया गया है कि जो भी आगे जाएगा, ऊपर आएगा। वह प्रेम के भाव से नहीं प्रतिद्वंद्विता की भावना से भरा हुआ होगा। प्रतिस्पर्धा को ऊर्जा बना लिया गया है। जिस प्रगति से मनुष्य देवत्व की ओर बढ़ सके आज उस प्रगति का मार्ग ही बंद हो गया है। भागते हुए समाज में कुछ पड़ाव ऐसे हैं जहां यदि थोड़ा रुक लिया जाए तो ऊर्जा भी मिलेगी, विश्राम भी। ये पड़ाव ऐसे केन्द्र हैं जहां से बाहर दुनिया में भी जाया जा सकता है और भीतर अपनी आत्मा तक भी पहुंचा जा सकता है। इन पड़ावों पर सुविधा है रुकावट नहीं।

गुरुनानक ने इन पड़ावों को सत्संग कहा है। वे तो कहते हैं दुनियावालों, हमें फ़ायदा हुआ है तो तुम्हें भी होकर रहेगा। नानक

कहते हैं, *सत्संगति कैसी जाणिए, जिथै एको नामु वखाणिए।* फ़क़ीरों के सत्संग में केवल शब्द का प्रचार होता है। यहां कोई घाटा नहीं होता, फ़ायदा ही फ़ायदा है। सबसे ऊंची कमाई है नाम की। मन को समझाने के लिए ऐसे शब्द बड़े काम के होते हैं और ये शब्द जिस पड़ाव पर मिलते हैं उसका नाम सत्संग है। सत्संग करते हुए अपनी जीवन यात्रा में चाहे जितने तेज़ भागें गिरने के ख़तरे अशांति के अवसर कम हो जाएंगे। रोज़ सत्संग न भी कर सकें तो एक काम ज़रूर कीजिए, ज़रा मुस्कराइए...।

जीवन की दौड़ में अधिक तेज़ भागना भी ठीक नहीं। यह तेज़ी एक दिन या तो हमें गिरा देती है या फिर निराशा में डाल देती है। जीवन में कुछ पड़ाव ऐसे हैं जहां यदि थोड़ा रुक लिया जाए तो ऊर्जा भी मिलेगी, विश्राम भी।

12

भूल के प्रति सावधानी रखी जाए, चिंता नहीं

भय और भक्ति एक-दूसरे की तरफ़ पीठ करके होना चाहिए। जो भक्ति कर रहे हों उन्हें भयभीत नहीं होना चाहिए। लेकिन देखा यह गया है कि हर एक के जीवन में किसी न किसी रूप में कोई न कोई भय समाया हुआ है। ज्ञात भय तो समझ में आता है पर कई लोग अज्ञात भय में भी जीते हैं। जो लोग डर-डरकर जिएंगे वे परमात्मा को कैसे पा सकेंगे। आइए, आज एक ऐसे डर की बात करें जो आध्यात्मिक जीवन में अचानक आ जाता है। यह डर है - कहीं भूल न हो जाए।

कई भक्त इस भूल हो जाने के डर के कारण उलझ जाते हैं। उनके चिंतन की सारी ऊर्जा इस बात पर लग जाती है कि कहीं भूल न हो जाए, जबकि सारी ऊर्जा लगना चाहिए हो चुकी भूल को ठीक करने में। भूल होना स्वाभाविक है। भूल के प्रति सावधानी रखी जाए, चिंता नहीं। ऊर्जा इस बात में लगाई जाए कि भूल ठीक करने में चूक न हो। जो इस डर में जिएगा कि कहीं भूल न हो जाए वह जीवन में कोई बड़ा सृजन नहीं कर पाएगा।

ऐसे लोग मित्र इसलिए नहीं बना पाएंगे कि उन्हें मित्रता में शत्रुता का भय पहले दिखेगा। उन्हें शत्रुता मिले न मिले पर मित्रता से वे ज़रूर वंचित हो जाएंगे। ऐसे लोग प्रेम इसलिए नहीं कर पाएंगे कि इससे पहले ही उन्हें ईर्ष्या का भय सताएगा। सारी ऊर्जा मित्रता, प्रेम,

भक्ति में लगाई जाए। भूल होगी तो परमात्मा संभालेगा। अपनी श्रद्धा को बलवती करें, भूलों को भगवान पर छोड़ दें। सावधानी रखना है लेकिन सावधानी के चक्कर में सारी ऊर्जा को 'कहीं भूल न हो जाए' पर ही नहीं टिका देना है।

जो लोग ड्राइविंग जानते हैं वे अच्छे से समझ सकेंगे कि अधिकांश एक्सीडेंट दूसरों की भूल से होते हैं। अतः सारी ताक़त भूल को ठीक करने में लगाई जाए तो हम दुर्घटनाओं से पार पा जाते हैं। ऐसा ही प्रयोग अध्यात्म मार्ग में भी काम आएगा।

भय और भक्ति एक साथ नहीं चल सकते। भक्त को भयभीत होना ही नहीं चाहिए। जीवन में भूल सभी से होती है। भूल होगी तो परमात्मा संभालेगा। अपनी श्रद्धा को बलवती करते हुए भूलों को भगवान पर छोड़ दिया जाए।

13

हनुमानजी की उड़ान का अर्थ है प्रगतिशीलता

तेज़ी से बदलते युग में प्रगतिशीलता और रूढ़िवादिता का झगड़ा चलता ही रहता है। रूढ़िवादिता एक भ्रमित हठ है, ज़बर्दस्ती की ज़िद है जबकि प्रगतिशीलता सर्वस्वीकार्य स्थिति है। रूढ़िवादी लोग मेंढक की तरह शोर तो अधिक कर लेंगे लेकिन कुएं में ही पड़े रह जाएंगे। प्रगतिशील आदमी भले ही कोल्हू के बैल की तरह नज़र आए लेकिन कम से कम वह खेतों को जल से सींच तो सकते हैं या तेल के चक्र को घुमा तो पाते हैं।

रामकथा में हनुमानजी ने विभीषण को एक बात समझाई थी कि रावण से जुड़कर तुम न सिर्फ़ ग़लत कर रहे हो बल्कि रूढ़िवादिता का भी समर्थन कर रहे हो। प्रगतिशील बनो, बाहर निकलो। रिश्तों के दायित्व और जीवनशैली के नए अर्थ ढूंढ़ो। विभीषण ने ऐसा ही किया और वह रावण से मुक्त हुआ।

हनुमानजी से प्रगतिशीलता के मामले में हम उड़ना सीखें। मनुष्य के भीतर अनंत आकाश में उड़ने की संभावना भरी हुई है लेकिन वह अपने पंख खोल ही नहीं पाता। अध्यात्म कहता है जब तक आप संसार के बंधन से बंधे हैं, आकाश की स्वतंत्रता हासिल नहीं कर पाएंगे। इसे आध्यात्मिक दृष्टि से समझें।

मनुष्य को प्रगतिशील बनकर बाहर निकलना चाहिए। रिश्तों के दायित्व और जीवनशैली के नए अर्थ ढूंढ़ने चाहिए। दरअसल, मनुष्य के भीतर अनंत आकाश में उड़ने की संभावना है। जब तक आप सांसारिक बंधन में हैं, आकाश की स्वतंत्रता हासिल नहीं कर सकेंगे।

14

शब्दों के प्रति जितने तटस्थ रहेंगे उतना ही गहरा अर्थ मिलेगा

इस संसार में सभी किसी न किसी से जुड़े हुए हैं। रिश्तों से, धर्म से, काम-काज से जुड़ाव बना ही रहता है। यदि इसमें विवेक न रखा जाए तो यह जुड़ाव पथभ्रष्ट, मतिभ्रम होने का कारण भी बन सकता है। धर्म की ही बात की जाए। धर्म से किया गया विवेकहीन लगाव शास्त्रों में वर्णित शब्दों के अर्थ भी बदल देता है। पढ़ने वालों ने अपनी निजी सोच, चिंतन, मंशा, बुद्धि और इरादों के कारण शास्त्रों के संदेशों के अर्थ ही बदल डाले।

संतों ने कहा है कि पढ़ते समय शब्दों के प्रति जितने तटस्थ रहेंगे, शब्दों से उतना ही सही अर्थ मिल पाएगा। हमारा मन जिन-जिन बातों से जकड़ा हुआ है उनमें शब्द प्रमुख हैं। मनुष्य का मन पूरी तरह से शब्दों की पकड़ में हैं। बाहर यदि किसी ने कुछ कहा उसके शब्द हमें प्रीतिकर हैं तो हमारा मन गदगद हो जाता है। यदि कहे गए शब्द हमारे विरोध में हैं तो मन उदास, चिड़चिड़ा हो जाएगा। हम शब्दों से इतना भी न जुड़ जाएं, शब्द सिर्फ़ तरंग है, हमें उन्हें तटस्थ भाव से सुनना, समझना होगा।

कुरान का उदाहरण लें। जो इस्लाम धर्म के नहीं हैं वे *कुरान* के कुछ शब्दों का अर्थ अलग ले लें यह तो समझ में आता है लेकिन जो इस्लाम मानते हैं ऐसे भी कुछ लोग शब्द के प्रति अपने आग्रह के कारण

भटक गए। *कुरान* में एक आयत उतरी है। जिनके मन में कुटिलता (कजी) है वे *कुरान* की उन आयतों के पीछे हो लेते हैं ताकि फ़साद फैलाएं। (सुर-3, आयत-7)

इस्लाम मानता है ख़ुदा ने ये आयतें पैगंबर मुहम्मद पर ख़ुद उतारी थीं। मुहम्मद का इशारा यही था कि कई लोग आयतों के अपने-अपने अर्थ निकालते हैं और उसी पर चल देते हैं। इसीलिए शास्त्र अपना मूल अर्थ खो देते हैं। पढ़ने वाले की बुद्धि से अधिक उसकी अपनी मंशा काम कर जाती है। इसलिए शब्दों का अर्थ ग्रहण करते समय थोड़ा तटस्थता का भाव रखें।

विवेक हमें पथभ्रष्ट होने से रोकता है। हमारा मन जिन-जिन बातों से जकड़ा हुआ है उनमें शब्द भी प्रमुख हैं। शब्दों के प्रति जितने विवेकशील और तटस्थ रहेंगे, उनसे उतना ही सही अर्थ मिल पाएगा।

15

ध्यान यानी बस हम और हमारा हरि

भक्त की एक भावदशा होती है। जिन्हें भक्त बनना हो वे लगातार प्रयास करें कि उनके मन में यह भाव आ जाए कि जो कुछ भी संसार में हमारे हाथ लगा है वह हम पर परमात्मा की कृपा है। जब अज्ञानी के हाथ कुछ लगता है तो वह कहता है मैंने पाया। इससे अहंकार बढ़ता है। भक्त को जब मिलता है तो वह कहता है कि है परमात्मा, मेरे रहते तो न मैं कुछ पा सकता था और न ही कुछ कर सकता था जो कुछ भी हुआ है आपके रहते हुआ है और धीरे-धीरे भक्त के मन में यही भाव सारे संसार के प्रति आ जाता है।

जिन्हें ध्यान या मेडिटेशन करना हो उनके लिए यह भावदशा बड़े काम आएगी। क्योंकि भक्त ने अपने सारे विचारों को भगवान से जोड़ दिया है। उसके विचार जब परमात्मा से मिल जाए तब चित्त अपनी ओर लौटने लगता है। पतंजलि योग में इसे ही प्रत्याहार कहा गया है। सभी धर्मों के संत-फ़क़ीरों ने इसे कहा है अपनी ओर लौटो, भीतर मुड़ जाओ। जितना आप भीतर मुड़े उतने ही ध्यान में डूब जाएंगे।

गुरुबानी में कहा गया है – *जिह घाट सिमरन राम को सो नर मुक्त जान, हरिजन हरि अंतर नहीं नानक कहियो बखान।* अर्थात जो हरि का सुमिरन करते हैं उनमें और हरि में फ़र्क़ नहीं रह जाता। नानक की ये पक्तियां ध्यान लगाने वालों के लिए बड़ी काम की है। सुमिरन करते-करते आप स्वयं में और संसार में हरि देखने लगते हैं। इस हरि दर्शन

का अर्थ ही है विचारों से कट जाना और अपने चित्त को अपने पर लौटा लाना। हम और हमारा हरि बस इसी का नाम एकांत है और ऐसे एकांत का एक नाम ध्यान है।

संसार में जो कुछ भी हमने पाया है वह हम पर परमात्मा की कृपा है। 'मैंने पाया' के भाव से अहंकार बढ़ता है। यह अहंकार हमारी व्यावसायिक तरक्की में बाधक होता है। मन में ऐसा भाव पैदा किया जाए कि जो कुछ है, सब ईश्वर की देन है।

16

ज्ञान, गुण और चतुराई ही पूर्ण साक्षरता है

यह पढ़ने-लिखने का समय है, शिक्षा का युग है। साक्षरता सद्कर्म और निरक्षरता पाप है। तुलसीदासजी ने *श्रीहनुमानचालीसा* में साक्षरता पर बड़ी सुंदर टिप्पणी की है। *विद्यावान गुनी अति चातुर, राम काज करिबे को आतुर।* यह सातवीं चौपाई बता रही है कि साक्षर होने का अर्थ केवल पढ़ा-लिखा होना ही नहीं है। हनुमान के पास तीन बातें थीं। विद्यावान यानी पढ़े-लिखे थे, साथ में गुणी अर्थात गुणवान भी थे और इन दोनों के अतिरिक्त चतुर भी थे। चतुर व्यक्ति विद्या और गुण का संतुलन बनाकर उसका उपयोग करना जानता है।

डॉ. राधाकृष्णन के मुताबिक़ शिक्षा का अर्थ है लोगों को पढ़ा-लिखा बनाना साथ में स्मार्ट भी बनाना। व्यक्ति यदि विद्यावान और गुणवान नहीं है तो दूसरे इसका शोषण कर सकते हैं। परंतु यदि केवल चतुर है तो वह ग़लत काम कर, सफ़ेदपोश अपराधी बन सकता है। दोनों के संतुलन का नाम है सही साक्षरता, जो हनुमानजी के पास थी। हनुमानजी की जीवनशैली देखें तो पता चलेगा उनके काम भले ही स्थानीय होते थे परंतु परिणाम ग्लोबल रहते थे। दूसरों को समझाने और सिखाने को वे सेवा का ही रूप मानते थे।

हनुमानजी के जीवन में अलग-अलग स्तर के, जाति के, समझ के और नीयत के लोग सदैव आते रहे। इसीलिए उनका मानना था कि शिक्षा से जो समझ पैदा होती है वह ऐसी विपरीत परिस्थितियों में बड़े

काम आती है। उनकी शिक्षा की एक बड़ी परीक्षा तब हुई थी जब वे विभीषण के सामने थे। लंका में रावण के भाई के सामने श्रीराम के स्वभाव और प्रभाव को एक साथ स्थापित करना, केवल बल नहीं बुद्धि और विवेक का भी काम था। इसीलिए साक्षर हनुमान केवल राम की नहीं सारे विश्व की आवश्यकता हैं।

साक्षरता एक सद्कर्म है। साक्षर होने का अर्थ केवल पढ़ा-लिखा होना ही नहीं है। सद्गुणी व चतुर होना भी साक्षरता ही है। हमें इन तीनों रूपों में साक्षर होना है। चतुर व्यक्ति विद्या और गुण का संतुलन बनाकर उसका उपयोग करना जानता है।

17

जैसी दृष्टि वैसी सृष्टि

'और कुछ नहीं तो साधु ही बन जाएंगे।' यह जवाब एक ऐसे व्यक्ति का था जो उम्र के आख़िरी दौर में प्रवेश कर रहा था साथ में अपने कामकाज से निवृत्त हो रहा था। कई लोगों का मानना है साधु बनना आसान काम है। सारी दुनिया में साधु-संतों का समानांतर समाज सबसे ज़्यादा भारत में है। नाम और संबोधन बदल जाते हैं लेकिन हर धर्म में लगभग यही स्थिति है। साधु अपनी इच्छा से समाज से बाहर हो जाते हैं और अनिच्छा से ही, लेकिन समाज से जुड़े भी रहते हैं। जीने के लिए वे स्वतंत्र हैं पर जीवन यापन के लिए समाज पर ही निर्भर हैं।

अजीब सा रिश्ता है साधु और समाज का। सारा मामला भीतर का होना चाहिए पर लोग केवल बाहर टिके हुए हैं। क्या साधु बनने के लिए दुनिया छोड़ना जरूरी है ? यह सवाल बुद्ध से लेकर अब तक पूछा और उछाला जा रहा है। सिद्धार्थ के सौतेले भाई ने कबूतर को घायल किया था और करुणामयी सिद्धार्थ उस कबूतर को सहलाते रहे। वह व्यथित मन भिखारी, बूढ़े और शव को देख वैराग्य में उतर गया और राजकुमार सिद्धार्थ गौतम बुद्ध बन गए थे। बुद्ध का सब कुछ भीतर से छूट गया था इसलिए बाहर छोड़ने का कोई सवाल नहीं उठता।

हमारे भीतर कुछ भी नहीं छूटता और हम बाहर साधुता उतारने में लगे रहते हैं। हम भीतर दुखी हैं तो बाहर भी दुख ही दिखेगा। हम बाहर का दुख मिटाना चाहते हैं पर भीतर बदलाव की कोशिश नहीं

करते, लिहाजा सब गड़बड़ा जाता है। जैसी दृष्टि वैसी सृष्टि। जैसे हम भीतर होते हैं बाहर का सारा फैलाव वैसा ही हो जाता है। इसलिए यदि भीतर साधुता घटा लें तो बाहर गृहस्थ रहें या संसारी, फ़र्क़ नहीं पड़ेगा। हां, परमात्मा अवश्य स्वागत के लिए तत्पर होंगे। भीतर साधुता उतारने के अभ्यास का एक नाम है ज़रा मुस्कराइए...।

जो भीतर दुखी है उसे बाहर भी दुख ही दिखता है। आदमी बाहर का दुख मिटाना चाहता है पर भीतर बदलाव की कोशिश नहीं करता। यदि भीतर साधुता घटा लें तो बाहर गृहस्थ रहें या संसारी, दुखों से सामना नहीं होगा।

18

नदी और जल से सीखा जाए शुभ का दान

सामान्य रूप से यह माना जाता है कि हिंदू धर्म का नदी से बड़ा गहरा संबंध है। भारतीय संस्कृति में सरिताओं को बड़ा सम्मान दिया गया है। नदी का अर्थ है बहाव। नदियों ने हर धर्म को ताजगी और सुगंध प्रदान की है। नदी के दुरुपयोग और सूखने का अर्थ है मनुष्य की आध्यात्मिक वृत्ति तथा स्थिति पर प्रहार। इतिहासकारों की मानें तो सभी प्रमुख धर्मों और सभ्यताओं की गवाह नदियां रही हैं।

भारत, जो कभी आर्यावर्त था, ने अपनी पूरी संस्कृति और धर्म को सिंधु-गंगा-यमुना के तट पर ही प्राणवान किया। मिस्र की सभ्यता नील नदी के अंचल में पनपी। चीन में हांग-हो का महत्त्व पूजनीय स्थिति का है। यूनानियों ने जिसे मेसोपोटामिया के नाम से पुकारा वह क्षेत्र भी जल से घिरा है। संसार के तीन प्रसिद्ध धर्म यहूदी (सियोन), ईसाई और इस्लाम इसी जल क्षेत्र की पैदाइश हैं। इसीलिए जल और धर्म के रिश्तों को अच्छी तरह समझकर सम्मान देना होगा।

नदियों ने भूखंडों को ही नहीं जोड़ा है बल्कि मनुष्यों की धार्मिक भावना को भी एक जैसी शीतलता से भिगोया है। कोई धर्म जब-जब अपने आपको पूर्ण और अलग बताता है तो नदियां कहती हैं हमारे बहाव ने बहुत कुछ एक-दूसरे धर्म में उधार पहुंचाया है, मिलाया है और आदान-प्रदान किया है। हर बदलते वक्त में हर धर्म ने अपना-

अपना श्रेष्ठ एक-दूसरे को दिया और लिया है। जो भले लोग हैं उन्होंने इसका सदुपयोग किया और जो बुरे हैं उन्होंने दुरुपयोग किया।

नदी और जल से सीखा जाए शुभ का दान। किसी बहती नदी के किनारे बैठ जल पर दृष्टि गड़ा दीजिए वह बहाव आपको गहरे ध्यान में ले जाएगा। जल का प्रवाह मन के बहाव को नियंत्रित कर देगा। इसे कहते हैं प्रकृति का चमत्कार। कभी ऐसा करके देखिए जल का हर कण आपसे कहेगा ज़रा मुस्कराइए...।

नदियों ने हर धर्म को ताजगी और सुगंध प्रदान की है। नदी के दुरुपयोग और सूखने का अर्थ है मनुष्य की आध्यात्मिक वृत्ति तथा स्थिति पर प्रहार। नदी और जल से सीखा जाए शुभ का दान।

19

'मैं' के भाव से मुक्त होता है आध्यात्मिक जीवन

जीवन में अनुशासन हो यह बात तो समझ में आती है लेकिन जीवन में बातों की अनिवार्यता हो जाए तो फिर अशांति का जन्म होता है। अनिवार्यता का अर्थ है ऐसा होना ही चाहिए का आग्रह। आध्यात्मिक जीवन 'मैं' के भाव से मुक्त होता है। सारे काम मनुष्य करता है फिर भी उसे यह बोध रहता है कि मैं नहीं कर रहा। बहुत कुछ हो रहा है और उस होने से जितना हम स्वीकृत हैं उतना ही शांत होते जाएंगे। ध्यान रखें इसका अकर्मण्यता से कोई लेना-देना नहीं है।

सारा मामला है सहजता का। आप सहज हुए कि मुक्त हुए। अभी हम मुक्त नहीं हैं, अभी हम बंधे हुए हैं और वह भी दूसरों से बंधे हुए। जैसे किसी वाहन की चाबी चालक ने लगाई और वाहन चल दिया। वाहन यह नहीं कह सकता कि मैं नहीं चलूंगा। हमें दूसरे ने गाली दी, टक्कर मारी, अपमान किया और हम एकदम चार्ज हो गए। बिलकुल ऐसे जैसे दूसरे के चाबी लगाने की प्रतीक्षा ही कर रहे थे।

कभी विचार कीजिए किसी ने अपशब्द कहे और हम क्रोधित या व्यथित हो गए, हमने शब्दों को लिया तभी ऐसा हुआ। क्या कभी मन में यह विचार आता है कि हम दूसरों के ऐसे शब्दों को नहीं लेंगे। अपशब्द तीर की तरह चुभते हैं। सामने वाले ने कहा और हम बेहोश हुए। फिर इस बेहोशी में हम हिंसात्मक हो जाते हैं, बेचैन हो जाते हैं, परेशान हो

जाते हैं। हमारा होश में रहना भी हमारे हाथ में नहीं रहता।

सीधी सी बात है हम इतने से भी अपने मालिक नहीं हैं। कोई दूसरा हम से यदि क्रोध करवा सकता है तो कुछ भी करवा सकता है। वह चापलूसी करके हमसे ग़लत काम करवा सकता है क्योंकि हम बेहोश हैं, यंत्रवत हैं। यदि हम मुक्त हैं तो फिर निर्णय जागकर लेंगे, होश में लेंगे और इसी होश का नाम है स्वयं के पास बैठना, स्वयं को जानना।

अनिवार्यता का भाव जीवन में अशांति को जन्म देता है। इसके पीछे 'मैं' का भाव छुपा होता है जो हमें दूसरों के बंधन में बांध देता है। अध्यात्म कहता है जीवन 'मैं' के भाव से मुक्त रहें। यदि हम मुक्त हैं तो फिर निर्णय जागकर लेंगे, होश में लेंगे।

20

जैसे हैं वैसे ही परमात्मा को समर्पित हो जाएं

मनुष्य के मन की आदत हो जाती है कि वह उठापटक करता रहे, दौड़भाग में लगा रहे और आपाधापी में उलझ जाए। मन की सारी रुचि भागने में है। इसीलिए जब हम मन के कहने पर चलते हैं तो संसार की वस्तुओं के पीछे भागते हैं। कुछ समय बाद जब संसार से ऊब जाते हैं तो भगवान की ओर भागने लगते हैं। मन के भागने की वृत्ति बनी ही रहती है।

मन का काम दौड़ाना है और वह दौड़ाता रहता है भले ही दिशा बदल जाए। जबकि अध्यात्म कहता है रुक जाओ। जब तक थोड़ा ठहरेंगे नहीं ईश्वर से मुलाक़ात नहीं होगी। सुग्रीव ने श्रीराम से वादा किया था कि बाली का वध हो जाने के बाद तथा मेरे राजा बनने के बाद मैं सीताजी की खोज के लिए वानर भेजूंगा लेकिन वह यह काम भूल गया। तब हनुमानजी ने सुग्रीव को समझाया था कि आप थोड़ा भीतर उतरकर चिंतन करें। पहले आप राज्य पाने के लिए दौड़ रहे थे और अब आप उसी वृत्ति के कारण भगवान का काम नहीं कर रहे हैं। आपका मन कुल मिलाकर आपाधापी में है।

दुनिया में यदि पाना है तो दौड़ना पड़ेगा और दुनिया बनाने वाले को यदि पाना है तो हो सकता है दौड़ते हुए उसे खो ही दें। दोनों के समीकरण अलग हैं। दौड़े तो ही संसार मिलेगा और अध्यात्म में दौड़े तो

शायद ईश्वर को खो देंगे। इसलिए थोड़ा रुकना सीखें। रुकने का अर्थ है आप जैसे हैं वैसे ही परमात्मा को समर्पित हो जाएं।

यह सोचना कि पहले साधु बन जाएं और फिर भगवान के पास जाएं तो हो सकता है हम भटक जाएं। सबसे पहले जैसे हो वैसे ही रुक जाओ। सुग्रीव को यह बात समझ में आई और वे दोबारा श्रीराम तक पहुंचे। हम जैसे हैं उसे जानने के लिए ध्यान, मेडिटेशन एक सही क्रिया है। सुग्रीव के जीवन में हनुमान की उपस्थिति का अर्थ ही मेडिटेशन था।

मन की वृत्ति इधर-उधर भागने की होती है। अध्यात्म कहता है ईश्वर से साक्षात्कार करना हो तो थोड़ा रुकना या ठहरना ज़रूरी है। रुकने का अर्थ है आप जैसे हैं वैसे ही परमात्मा को समर्पित हो जाएं।

21

सांसारिक जीवन का अनिवार्य पहलू है दुख

जीवन में सुख और दुख एक ही सिक्के के दो पहलू हैं। सिक्का उछलेगा भी, गिरेगा भी और चित या पट में हमारा सुख-दुख प्रदर्शित होगा। 'नानक दुखिया सब संसार' इसका अर्थ यह नहीं है कि नानक कह रहे हैं कि सारा संसार दुखी है। दरअसल नानक कह रहे हैं दुख सांसारिक जीवन का अनिवार्य पहलू है। यह बहुत बारीक़ बात है। सभी दुखी हैं ऐसा नहीं कह सकते पर दुख आएगा ही नहीं यह भी नहीं कहा जा सकता।

महापुरुषों ने इसके भी रास्ते बताए हैं कि दुख से मुक्त कैसे हुआ जा सकता है। महावीर ने कहा है भाव विरक्ति दुख मुक्ति का एक सरल तरीक़ा है। *भावे विरत्तो मणुओ, विसोगो, एएण दुक्खोह परम्परेण।* इस सूत्र में महावीर स्वामी ने कहा है - भाव विरक्त पुरुष संसार में रहकर भी अनेक दुखों में लिप्त नहीं होता। भाव विरक्त का सीधा सा अर्थ है हर हाल में मस्ती। हमसे ही संबंधित जो घट रहा है उसे हम ही देखने लगें। इस साक्षी भाव में शुरुआत होती है भाव विरक्ति की। इसका सीधा सा अर्थ है काम सारे करना, छोड़ना कुछ भी नहीं है लेकिन संतुलन बनाए रखना है।

हम क्रिया तो योग की करते हैं लेकिन इरादा भोग का होता है और फिर उलझ जाते हैं। जिसके भीतर भाव विरक्ति आ जाती है वह

यह कभी नहीं सोचता कि सारी स्थितियां मेरे कारण बन रही हैं और मेरे करने से ही सब कुछ हो रहा है। आसक्त व्यक्ति ऐसा मानता है और अशांत हो जाता है। इसलिए जो लोग शांति की खोज में हैं वे साक्षी भाव का अर्थ समझें और उसके माध्यम से अपने व्यक्तित्व में भाव विरक्ति उतारें। चूंकि भाव विरक्त स्थिति को विचार प्रभावित करते हैं इसलिए विचारों का नियंत्रण करते रहना चाहिए। विचार नियंत्रित रहने की स्थिति का नाम ही ध्यान है।

दुख सांसारिक जीवन का अनिवार्य पहलू है। जीवन में सुख आया तो दुख को भी आना ही है। दुख मुक्ति का एक सरल तरीक़ा भाव विरक्ति है। जो लोग शांति की खोज में हैं वे साक्षी भाव के माध्यम से अपने व्यक्तित्व में भाव विरक्ति उतारें।

22

ख़ुद को जाने बिना सत्य को नहीं जान सकते

सत्य की खोज में बड़े-बड़े महापुरुषों का जीवन बीत गया तो फिर हम आम लोग सत्य तक कैसे पहुंच सकते हैं या उसके सही स्वरूप को कैसे जान सकते हैं। यदि सत्य को जानना है तो सबसे पहले ख़ुद को जानना होगा। स्वयं को जाने बिना सत्य को नहीं जान सकते। इसलिए सत्य को जानने के लिए थोड़ा भीतर उतरना होगा-स्वयं के भीतर। अधिकांश लोगों का जीवन अपने से ही अपरिचित रहते हुए बीत जाता है। फिर सत्य का पता कैसे लग सकता है।

जीवन के अधिकांश आवश्यक तत्वों से हम परिचय नहीं रख पाते, इसलिए समझ लें कि सत्य की यात्रा बाहर की नहीं भीतर की यात्रा है। सत्य की ओर चलने का अर्थ ही है परमात्मा की ओर चलना। यह तय है कि जिसका चित्त दुखी हो वह परमात्मा को नहीं जान पाएगा। उसके मन की झील पर परमात्मा का चित्र बन ही नहीं पाता। जैसे तेज़ हवा चले और वह किसी जलाशय पर गिर रहे चंद्रमा के प्रतिबिंब को हिला देती है, वैसे ही व्याकुलता मनुष्य के मन को हिलाकर परमात्मा का प्रतिबिंब मिटाती रहती है।

हम सत्य के जितने निकट होंगे व्याकुलता से उतने ही मुक्त होंगे। हमारी सत्य की खोज इसलिए भी अधूरी रह जाती है कि हम गुलाम वृत्ति में जीते हैं। मनुष्य का स्वभाव है सुरक्षा बनी रहे। सुरक्षा के चक्कर

में वे अपने आसपास एक ऐसा घेरा बना लेते हैं जो सुरक्षा आवरण कम और उलझाने वाला जाल अधिक हो जाता है। फिर हम स्वतंत्र नहीं रह पाते। और तो और शरीर के साथ हम अपनी आत्मा को भी परतंत्र बना देते हैं।गुलाम को कभी आनंद की उपलब्धि नहीं हो सकती।

जिसका चित्त परतंत्र हो वह सत्य की खोज नहीं कर सकता। हमें अपनी मूढ़ता, जड़ता, नासमझी और अज्ञान की जंज़ीरों से मुक्त होकर सत्य को खोजना होगा। हम अपने ही हठ के कारण अपने आसपास एक आध्यात्मिक दासता बना लेते हैं जबकि अध्यात्म कहता है कि अपनी आत्मा का ध्यान करो और स्वतंत्र होकर आनंद मनाओ।

सत्य को जानने के लिए थोड़ा स्वयं के भीतर उतरना होगा। जिसका चित्त परतंत्र हो वह सत्य की खोज नहीं कर सकता। सत्य की ओर चलने का अर्थ है परमात्मा की ओर चलना। सत्य के जितने निकट होंगे व्याकुलता से उतने ही मुक्त होंगे।

23

नाम कमाई से ही पूरा होगा शरीर का मक़सद

शब्दों से हमारा परिचय बहुत व्यावहारिक रहता है और हम इन्हें बोलचाल का साधन ही मानते हैं। शब्दों को केवल भाषा और व्याकरण से जोड़ने की भूल न करें। सूफ़ी संतों ने भक्ति के क्षेत्र में शब्दों को नाम से जोड़ा है। नाम की बड़ी महिमा रही है। नाम यानी उस परमसत्ता का जो भी नाम आप दे दें इसे अध्यात्म में पूंजी माना गया है। नानक कह गए हैं – *नानक नामु न वीसरै छूटै सबदु कमाई*। यानी नाम को भी भूलें नहीं, हमेशा शब्द की कमाई करते रहें, क्योंकि जिस दिन इस शरीर का मक़सद पूरा होगा उस दिन यह केवल नाम कमाई से ही होगा।

जिन्हें ध्यान में उतरना हो, परमात्मा पाने की ललक हो वे मन को विचारों से मुक्त करने के लिए उसे नाम या शब्द से जोड़ दें। नाम जप जितना अंदर उतरता है, गहरा होता जाता है तब मनुष्य उस शब्द की ध्वनि में सारंगी जैसा मधुर स्वर सुन सकेगा। हम बाहर से कोई संगीत, स्वर, तर्ज सुनकर ही थिरक उठते हैं रोमांचित हो जाते हैं तो कल्पना कीजिए ऐसा मधुर स्वर जब भीतर से सुनाई देने लगेगा तब साधक को जो तरंग उठेगी उसी का नाम आनंद होगा।

नानक ने इसी के लिए कहा है *घटि घटि वाजै किंगुरी अनदिनु सबदि सुभाइ।* यह सारंगी की आवाज़ जब हमारे भीतर से आने लगेगी तो हमें यही सुरीला स्वर दूसरों के भीतर भी सुनाई देने लगेगा। हरेक के

भीतर वही धुन। यहीं से अनुभूति होगी, *'सिया राम मय सब जग जानी'* के भाव की। फिर नानक लिखते हैं - *विरले कउ सोझी पई गुरमुखि मनु समझाइ।* जो इस आवाज़ को सुनते हैं उन्हें नानक गुरुमुख कहते हैं और ये वो लोग होते हैं जो मनु समझाए की क्रिया करते रहते हैं।

सीधी बात यह है कि जो अपने मन को समझा लेते हैं वे गुरुमुख होते हैं। वे इस कला को जानते हैं कि कैसे मन से शब्द या नाम को जोड़कर परमात्मा से मिलने की तैयारी की जाए।

भक्ति में नाम की बड़ी महिमा है। परमसत्ता के नाम को अध्यात्म में पूंजी माना गया है। ध्यान में उतरना हो, ईश्वर को पाने की ललक हो तो मन को विचारों से मुक्त करने के लिए उसे नाम या शब्द से जोड़ दें। जो अपने मन को समझा लेते हैं उनके लिए परमसत्ता का मार्ग आसान होता है।

24

सफलता मिले तो पहले भगवान को अर्पित करें

अनेक परिवारों में भोजन के पूर्व भगवान को भोग लगाने की परंपरा है। शास्त्र कहते हैं धान-दोष (अन्न का कुप्रभाव) दूर करने के लिए भोजन करने से पूर्व उसे परमात्मा को समर्पित करना चाहिए। सीधे भोजन न किया जाए उसे भोग बनाया जाए। भोजन भगवान को अर्पित होने के बाद प्रसाद बन जाता है।

जीभ के भोजन को तो देवार्पित किया जाता है लेकिन जब हमें अपने कर्म का भोजन यानी प्रशंसा परोसी जाती है तब हम भगवान को भोग लगाना भूल जाते हैं। अपने प्रति हुई प्रशंसा का भोग भी परमात्मा को लगाना चाहिए।

एक भक्त की घटना है। उसे समाज से प्रशंसा मिली तो उसने भगवान को परोस दी। भगवान भी ठिठोली के भाव में आ गए और पूछा इस भोजन को मुझे कुपथ्य मानकर परोस रहे हो या सुपथ्य मानकर? भक्त का जवाब था मेरे लिए तो कुपथ्य (परहेज) ही है, प्रशंसा पचाना विष से भी अधिक कठिन है लेकिन आप तो वर्षों से प्रशंसा ही सुन रहे हैं आप आसानी से पचा जाएंगे। यदि मैं सीधे प्रशंसा का भोजन कर लूंगा तो अहंकार की बीमारी से घिर जाऊंगा।

हमारे समझने की बात यह है कि जीवन में विजय और सफलता मिले तो पहले प्रभु के सामने परोसें उसके बाद जो प्रसादी हमें मिलेगी

उससे अहंकार के अपच होने की संभावना ख़त्म हो जाएगी। यहां यह भी समझ लें कि हमारे यहां प्रसादी के भी कुछ क़ायदे हैं। सबसे पहले भगवान को चढ़ाएं फिर समाज को बांटें उसके बाद स्वयं लें। शास्त्रों में तो यहां तक कहा है कि प्रसाद के मामले में हाथ में जितना लगा रह जाए उतने को ही अपना हिस्सा मानो। भोजन के संदर्भ हो सकता है यह कठिन लगे लेकिन प्रशंसा के भोजन में भोग लगाकर, प्रसाद बनाकर, बंटवारा कर, स्वयं प्राप्त करें और उसके बाद ज़रा मुस्कराइए...

प्रयास करेंगे तो सफलता मिलना ही है और सफलता अपने साथ प्रशंसा भी लाती है। यदि इस प्रशंसा को सीधे ग्रहण कर लिया जाए तो अहंकार की बीमारी घेर लेगी। इसलिए जब किसी काम के बदले प्रशंसा मिले तो पहले उसको भगवान को अर्पित करें।

25

हर काम उत्सव समझकर किया जाए

यह काम करने का समय है लेकिन कर्मयोग को उत्सव बनाया जाए, नशा नहीं। विचार करें कि हमारा जीवन काम है या उत्सव। जीवन का आनंद उत्सव में है काम में नहीं। जो लोग कर्म को केवल काम की तरह करते हैं वे एक दिन जीवन को तनाव से भर लेते हैं। यदि कर्म को उत्सव की तरह किया जाए तो उत्साह आनंद बना रहेगा। पशु-पक्षियों को देखें वे जो भी काम करते हैं उत्सव की तरह करते हैं। केवल मनुष्य ही ऐसा है जो अपने कर्म को काम की तरह करता है।

इस समय एक और बीमारी यह फैल गई है कि हर आदमी जल्दी में है। धन और सफलता के लिए धैर्य और प्रतीक्षा मूर्खता लगने लगी है। जिस देश में हरि बोल की गूंज थी वहां हरि-अप का शोर गूंज रहा है। राम बोल को रन-अप में बदल दिया गया है। कृष्ण बोल कम-अप और शिव बोल शट-अप के रूप में सुनाई देते हैं। अपने काम को उत्सव में बदलना बहुत आवश्यक है।

यह अत्यधिक कर्म करने का समय है तो तनाव और दबाव स्वभाविक है। मीरा नाचती थीं उत्सव के रूप में, कृष्ण बंसी बजाते थे या हनुमान लंका जला रहे थे सभी स्थितियों में उनके भीतर उत्सव का भाव था। उत्सव में मनुष्य स्वयं प्रसन्न रहना चाहता है और दूसरों को भी ख़ुश रखना चाहता है। जब हम उत्सव में जीते हैं तब हमारे लक्ष्य बड़े शुद्ध होते हैं। उत्सव का अर्थ ही अपने अंदर की उदासी को विदाई दे

देना। उत्सव की पूर्णता पर थकान की जगह और उत्साह बना रहता है।

उत्सव आदमी को सबसे जुड़े रहने के लिए प्रेरणा देता है। सबके साथ सबकी इच्छा को रखते हुए जीना या कुछ करना चुनौती का काम है लेकिन उत्सव वृत्ति इसे सरल बना देती है। यदि आप सामान्य सा उत्सव मनाना चाहें तो ज़रा मुस्कराइए...।

काम को बोझ नहीं, उत्सव मानकर निपटाया जाए। जीवन का आनंद उत्सव में है काम में नहीं। जब हम उत्सव में जीते हैं तब लक्ष्य शुद्ध होते हैं। उत्सव का भाव आदमी को सबसे जुड़े रहने को प्रेरित करता है।

26

अध्यात्म के अभ्यास में निरंतरता बनाए रखिए

शरीर सद्कर्मों और मन सद्विचारों से संवरता है। सद्विचार संवरते हैं सुमिरन से और सुमिरन के लिए शब्द नाम की ताक़त चाहिए। नाम महिमा के लिए गुरुनानक देव ने कहा है – *शबदे धरती, शबद अकास, शबद-शबद भया परगास, सगली सृस्ट शबद के पाछे, नानक शब्द घटे घट आछे।।* इस शब्द ने धरती, सूर्य, चंद्रमा सारी दुनिया पैदा की है। यही शब्द सबके भीतर अपनी धुनकारें दे रहा है। इस नाम की खोज की जाए जो सबके भीतर है। सभी संत-फ़क़ीरों ने अध्यात्म को समझाने के लिए अपने-अपने शब्द दिए हैं जो बाद में नाम-वंदना बन गए।

गुरुनानक साहिब ने इसे गुरुवाणी, सच्चीवाणी, अकथ-कथ, हुकम, हरि कीर्तन कहा। ऋषि मुनियों ने इसे कभी आकाशवाणी कहा तो कभी रामधुन। चीनी गुरुओं ने ताओ, मुस्लिम फ़क़ीरों ने कलमा, बंगे आसमानी और कलामे इलाही बताया। ईसा मसीह इसे लोगास बता गए। लेकिन फ़क़ीरों ने जो नाम शब्द बताया है इसे हम केवल ऐसे शब्दों से न जोड़ लें जो जुबान से निकलते हैं। यह नाम शब्द एहसास का मामला है।

हमारे शरीर के भीतर नाम अपनी अनुभूति रखते हैं। जब हम ध्यान करते हैं तो ये नाम या गुरुमंत्र केवल बोलने के शब्द बनकर नहीं बल्कि सुमिरन ध्यान में अपना नाद देते हैं, गूंज ध्वनि देते हैं। यह भीतरी

अनुगूंज हमें गहरे ध्यान में उतारती है। कई लोगों को तो गुरुनानक साहिब के 'वाहे गुरु' संबोधन ने भी ध्यान में उतार दिया। यह नाम जप एक पुकार बन जाता है।

जब हम परमात्मा को पाने के लिए आतुर होते हैं और उस आतुरता में जो शब्द उच्चारित होते हैं वे नाम जप बन जाते हैं। शिक्षा पद्धति में विषय की पुनरावृत्ति एक विधि है जिसे रिवीज़न लर्निंग कहते हैं। ऐसे ही अध्यात्म के अभ्यास में जप लर्निंग है। निरंतरता बनाए रखिए, एक दिन परमात्मा आपको उपलब्ध होगा।

सद्विचार सुमिरन से संवरते हैं और सुमिरन के लिए शब्द नामक शक्ति की ज़रूरत होती है। परमात्मा को पाने की आतुरता में जो शब्द उच्चारित होते हैं वे नामजप बन जाते हैं। नाम जप की निरंतरता ईश्वर प्राप्ति में सहायक होती है।

27

जिस पर विश्वास करें उसे अधिकार भी दें

श्रीराम को सुग्रीव व साथियों से इतनी जानकारी मिल गई थी कि सीता का अपहरण हुआ है तथा कोई राक्षस विमान से उन्हें दक्षिण दिशा में ले गया है। मुद्दा था सीताजी की खोज। सुग्रीव ने श्रीराम को आश्वस्त किया था, *'सब प्रकार करिहउँ सेवकाई। जेहि बिधि मिलिहि जानकी माई॥'* अर्थात मैं सब प्रकार आपकी सेवा करूंगा, जिस उपाय से जानकीजी आकर आपको मिल सकें। श्रीराम से सुग्रीव की पहली ही मुलाक़ात में यह वार्तालाप हुआ था।

श्रीराम के पास यह विकल्प था कि वे सीता शोध जैसे महत्त्वपूर्ण कार्य के लिए या तो सुग्रीव से मित्रता करें या बालि से। बालि उस समय बलशाली था और राजा था किंतु श्रीराम ने मैत्री सुग्रीव से की क्योंकि बालि अहंकारी था और अनुचित, अन्याय का विरोध नहीं करता था। एक और महत्त्वपूर्ण पक्ष यह था कि श्रीराम और सुग्रीव की मैत्री हनुमानजी ने करवाई थी। दोनों ने हृदय से प्रीति का कुछ भी अंतर नहीं रखा। यह श्रीराम की विशिष्ट शैली थी कि उन्होंने विवेक से सुग्रीव पर विश्वास किया।

जिस पर विश्वास किया जाए, उसे पूरा अधिकार भी दिया जाए। श्रीराम ने सुग्रीव पर पूरा विश्वास कर अधिकार दिया कि वे सीता की खोज करें। इसी विश्वास की प्रेरणा का आधार था कि सुग्रीव ने

अपनी पूरी ताक़त सीता शोध में झोंक दी। अपनी सेवा से उन्होंने कहा था - *राम काजु अरू मोर निहोरा। बानर जूथ जाहु चहुँ ओरा।।* हे वानरों के समूह यह श्रीराम का कार्य है और मेरा अनुरोध है तुम चारों ओर जाओ। श्रीराम ने सुग्रीव को निर्णय लेने का अधिकार दिया और सुग्रीव उस पर खरे उतरे। सीता की खोज हुई और लक्ष्य की प्राप्ति।

अहंकारी व्यक्ति अनुचित या अन्याय का विरोध नहीं कर सकता। मित्रता उसी से की जाए जिसमें अहंकार न हो। जिससे मित्रता करें उस पर विश्वास भी रखें और विश्वास रखें तो उसे निर्णय का अधिकार भी दिया जाए।

28

दुख ही नहीं, सुख से भी फ़ासला बनाए रखें

जीवन में जब सुख आए तो दूर से देखकर, एक निश्चित फ़ासला बनाकर उसे गुज़रने दें। आईने के बहुत पास आ जाएं तो छवि अस्पष्ट हो जाती है इसलिए एक निश्चित दूरी जरूरी है। सुख के साथ बहुत ख़ुशी से उछलकूद न करें। मंद शीतल हवा की तरह उसे भी गुज़र जाने दें। जिस दिन सुख में इस तरह से सफल हो गए फिर आप पाएंगे एक दिन दुख में भी इसी तरह प्रसन्न हो सकेंगे। झंझट शुरू होती है, 'यह मेरा है' मानने से। न सुख, न दुख दोनों ही मेरे नहीं है ऐसा भाव पैदा करें। दोनों बाहर के मामले हैं, इन्हें भीतर न उतारें।

जैन धर्म में महावीर स्वामी ने कहा है *कोणाम भणि बूहो, णाउं सव्वे पराए भावे, मज्झमिणं ति य वयणं जाणंतो अघयं सुद्वं।* आत्मा के शुद्ध स्वरूप परकीय भावों को जानने वाला ऐसा ज्ञानी कौन होगा जो यह कहेगा कि यह मेरा है। यहां दो बातें आई हैं। एक अपनी आत्मा को जानने की और दूसरा यह कहने की कि यह मेरा है।

'मेरा है' यह मानते ही हम आए हुए सुख को पकड़ लेते हैं और भीतर उतार लेते हैं। मैं सुखी हूं इस ख़याल में ही दुख का बीज छुपा होता है। सुख, दुख सिक्के के दो पहलू हैं। एक के साथ दूसरा लगा ही रहेगा। आत्मा को जानते ही और यह मेरा है ऐसा न कहने पर ही साक्षी भाव आरंभ होने लगता है। जैसे दूसरों के सुख-दुख के प्रति हम साक्षी

रहते हैं, दर्शक होते हैं वैसे अपने ख़ुद के सुख के प्रति भी ऐसे ही साक्षी हो जाइए और ज़रा मुस्कराइए...।

आईने से एक निश्चित दूरी ज़रूरी है। अगर बहुत पास आ जाएं तो छवि स्पष्ट नहीं दिखती। जीवन में जब सुख आए तो ज़्यादा उछल-कूद न करते हुए उससे भी एक निश्चित फ़ासला बनाए रखें।

29

शरीर को नियमित रखें, आत्मा को भरपूर भोजन दें

ध्यान या मेडिटेशन एक तरह का यज्ञ है। इस ध्यान यज्ञ में शरीर की आहुति डालनी पड़ती है। शरीर को हमने अन्न खिलाया है। शरीर के भोजन से हम परिचित हैं लेकिन आत्मा के भोजन के प्रति लापरवाह है। आत्मा का भोजन है ज्ञान। ज्ञान वह नहीं जो जानकारी बढ़ाए, मार्तंड बना दे बल्कि वह ज्ञान जो होश जगाए।

नॉलेज और अवेयरनेस का फ़र्क़ समझा जाए। शरीर को उपवास से नियमित किया जाए या जितना ज़रूरी हो उतना ही खिलाया जाए पर आत्मा को इसके भोजन ज्ञान (होश जगाने वाले) से भरपूर रखा जाए। ज़्यादातर मौक़ों पर हमारी आत्मा भूखी रह जाती है।

संत-फ़क़ीरों और हमारी शैली में यही फ़र्क़ है। जो लोग आत्मा के भोजन को जानते हैं उनके जीने का अंदाज़ ही बदल जाता है।

मुस्लिम संत अबु हनीफ़ा के एक क़रीबी शिष्य ने एक बार उनसे सवाल पूछा। आप सबके सामने अदब से रहते हैं, कभी आपको नंगे सिर नहीं देखा, बेतरतीब पैर फैलाए नज़र नहीं आए। मैं 20 वर्षों से आपके साथ हूं। मैंने अकेले में भी आपको कभी ऐसा ही देखा। जबकि अकेले में तो आप पैर फैलाए, नंगे सिर रह ही सकते हैं। अबु हनीफ़ा बोले बरख़ुरदार मजमे (भीड़) में लोगों का अदब करूं और अकेले में ख़ुदा का अदब न करूं..यह क्या बात हुई ? वे हमेशा शिष्यों से कहते

थे जब तक संदेह हो, प्रमाण न मिले तब तक मेरी कही बात का भी अनुसरण मत करना।

एक बार वे कहीं जा रहे थे तो एक लड़के को कीचड़ में गुज़रते देख टोककर कहा देखना, संभलकर चलना...। लड़के ने पलटकर जवाब दिया मेरी चिंता छोड़ो, स्वयं की फ़िक्र पालो। मैं फिसला तो मेरे अकेले का नुक़सान है पर आप... आप इमाम हैं, आप फिसले तो दुनिया को गुमराह कर जाएंगे। बात अबु हनीफ़ा के दिल में घर कर गई। फ़क़ीरों के भीतर संजीदगी देह और आत्मा में फ़र्क़ जानने से आती है।

जो लोग आत्मा के भोजन को जानते हैं उनके जीने का अंदाज़ बदल जाता है। आत्मा का भोजन होता है ज्ञान। ज्ञान यानी वह जानकारी जो हममें होश जगाए, हमें होश में रखे। आत्मा को उसके भोजन से तृप्त रखा जाए।

30

शिक्षा-विद्या के संतुलन में ही जीवन का आनंद है

शिक्षा के विस्तार से इस युग में ख़ूब लाभ मिला परंतु एक हानि भी हुई कि पढ़े-लिखे लोग अशांत हो गए। आज की शिक्षा सेवा का माध्यम होना थी जो शोषण का कारण बनती गई। ये केवल शिक्षा के ख़तरे हैं। देवलोकवासी आचार्य श्रीराम शर्मा कहा करते थे केवल शिक्षा ही नहीं विद्या की भी आवश्यकता है। शिक्षा केवल बाहरी जानकारी दे रही है और विद्या भीतरी अनुभूतियां कराती है।

शिक्षा संस्थानों, पुस्तकों और अन्य तकनीकी माध्यमों से प्राप्त होती है किंतु विद्या का आरंभ होता है मौलिक चिंतन से। शिक्षा केवल विचार देती है और विद्या विचार को आचार से जोड़ती है। शिक्षा के लिए ख़ूब शिक्षक मिल जाएंगे लेकिन विद्या के लिए गुरु ढूंढ़ना पड़ेगा।

विद्या कहती है थोड़ा संयम साधो। आज के युग में निजी आवश्यकताओं और महत्त्वाकांक्षाओं को संभालना ही संयम है तथा सद्कार्य, सद्भाव का विस्तार करना ही सेवा है। विद्या अपने साथ संयम और सेवा लाती है किंतु केवल शिक्षा लूट और शोषण करना सिखा रही है। केवल शिक्षा ने लोगों की खोपड़ी और जेब तो भर दी पर निजी व्यक्तित्व को खोखला कर दिया। मात्र शिक्षा लोगों की आदतें बना देती है और विद्या स्वभाव तैयार करती है।

आदतें ध्यान में बाधा हैं इसलिए शिक्षित पुरुष मेडिटेशन में मुश्किल से उतर पाता है। जहां उसे विद्या का सहारा मिला कि वह अधिक योग्य होकर ध्यान में उतर जाएगा। केवल शिक्षा ख़तरनाक है और केवल विद्या भी उपयोगी नहीं होगी। दोनों के संतुलन में ही जीवन का आनंद है।

जीवन में शिक्षा के साथ-साथ विद्या भी ज़रूरी है। शिक्षा हमें केवल बाहरी जानकारी दती है जबकि विद्या भीतरी अनुभूतियां कराती है। विद्या अपने साथ संयम और सेवा लाती है किंतु केवल शिक्षा शोषण करना सिखाती है। जीवन का आनंद दोनों के संतुलन में ही है।

31

अहंकार त्यागे बिना परमात्मा नहीं मिल सकता

जब तक हम अपने अहंकार का संहार नहीं कर देंगे, शांति को उपलब्ध नहीं हो पाएंगे। अध्यात्म में अहंकार को गलाने के कई तरीक़े हैं। उनमें से एक है काल के प्रति अनुभूति बनाए रखना। यह तय है कि मृत्यु आनी है और एक दिन सब कुछ यहीं छूट जाना है, फिर कैसा मेरा-तेरा। यह बोध अहंकार को समाप्त करने में सहायक है।

काल का भय मनुष्य को अहंकार से जोड़कर रखता है। जब तक अहंकार है, परमात्मा के मिलने की संभावना नहीं है। धर्म-श्रद्धा वाले हमारे देश में हर देवता अपने-अपने रूप में महत्त्वपूर्ण है। ऐसे ही एक देवता हैं कालभैरव जिनकी उत्पत्ति भगवान शंकर के अंश से हुई थी। भैरव का अर्थ है भयानक और पोषक दोनों। ये शिव के प्रमुख गण हैं। कहते हैं काल भी इनसे सहमा-सहमा रहता है। शिव संहारक हैं और उनके ये गण काल पर विजय दिलाते हैं यानी मृत्यु के प्रति भयमुक्त करते हैं। जिसका ऐसा भय जाता रहा समझो उसका अहंकार जाता रहा।

अहंकार को आदत होती है कठिन में प्रवेश करना, दुर्लभ में जीना लेकिन परमात्मा सरलतम है। उसे पाना हो तो सरल होना पड़ेगा, जबकि अहंकार सरलता को लीलकर जीवन को क्लिष्ट बना देता है। कालभैरव हमें कालभय से मुक्त कराते हैं यानी परमात्मा से जोड़ देते हैं। हम अपनेआप को परमात्मा से अलग मानते हैं और यहीं से भटकाव शुरू

हो जाता है। इस भिन्नता में ही अहंकार है। सच तो यह है कि जैसे पानी की एक बूंद में पूरा सागर समाया है, वैसे ही हमारे शूद्र रूप में परमात्मा का विराट स्वरूप समाया है। जब भक्त और भगवान एक-दूसरे में समा जाएं तो फिर काल का डर कैसा और यहीं से अहंकार भी समाप्त हो जाता है।

हममें जब तक अहंकार है, परमात्मा के मिलने की संभावना नहीं होती। काल यानी मृत्यु का भय मनुष्य को अहंकार से जोड़कर रखता है। जब भक्त और भगवान एक-दूसरे में समा जाएं तो फिर काल का भय नहीं रहता।

32

उपलब्धि के मद में अपनी सहजता न छोड़ें

जैसे हर घटना का एक परिणाम होता है, वैसे ही जीवन में हर घटना में एक संदेश, संकेत व शिक्षा छिपी रहती है। समझदार लोग उससे सीख ले लेते हैं। हनुमानजी में यह समझदारी कूट-कूटकर भरी थी कि हर परिस्थिति से क्या सीखा जाए। जीवन का हर क्रम और पल कुछ न कुछ सिखा जाता है। देखिए किस समझदारी से हनुमानजी जीवन के दृश्य में से सीख को उठा लेते हैं। यह उनकी मौलिक शैली है।

श्रीराम रावण का वध कर चुके थे। लंकाकांड में वे हनुमानजी को कहते हैं यह शुभ समाचार सीताजी को सुना दो। हनुमानजी के मुंह से यह शुभ समाचार सुनकर सीताजी कहती हैं हनुमान बोलो तुम्हें क्या चाहिए। वे ऐसे शुभ समाचार का पारितोषिक देना चाहती थीं। जो उत्तर हनुमानजी ने दिया उसे गहराई से समझें।

सुनु मातु मैं पायो अखिल जग राजु आजु न संसय। रन जीति रिपुदल बंधु जुत पस्यामि राममनामय।। मां मैंने आज सारे संसार का ही राज्य पा लिया है। मैं आंखों से देख रहा हूं रण में शत्रु को जीतकर अपने छोटे भाई लक्ष्मण के साथ निर्विकार श्रीराम को। हनुमानजी ने श्रीराम के साथ निर्विकार शब्द जोड़ा है। वे निर्विकार श्रीराम को देखना अपने जीवन की बहुत बड़ी उपलब्धि मानते हैं। जो रावण विश्व विजेता

था, उसे मारकर भी श्रीराम आवेशित नहीं थे, गर्वित नहीं थे, मदमस्त नहीं थे। वे शांत थे, निर्विकार थे।

मनुष्य को छोटी-मोटी सफलता मिले तो वह अपना आपा खो बैठता है परंतु श्रीराम का यह शांत-सहज स्वरूप हनुमानजी को ख़ूब भा गया। हनुमानजी महाराज हमें सिखा रहे हैं कि जीवन की हर घटना से श्रेष्ठ को उठाओ। विजय के इस दृश्य में उन्होंने श्रीराम की निर्विकार छवि को अपने लिए शिक्षा बनाया और अपनाया भी। इसीलिए तो निरहंकारी हनुमान श्रीराम की पसंद बन गए।

जीवन में जब उपलब्धियां आएं, सफलता मिले तो अपने मूल स्वभाव यानी सहजता, सरलता, विनम्रता को न छोड़ें। इन सबसे मिलकर बनती है पवित्रता और पवित्रता को पवित्र लोग बड़े पसंद हैं। पवित्रता को आरंभ करना है तो ज़रा मुस्कराइए...।

हर घटना में कोई संदेश या शिक्षा छिपी रहती है। समझदारी इसी में है कि उससे सीख ले ली जाए। जीवन में कितनी ही बड़ी उपलब्धि या सफलता मिल जाए पर अपनी सहजता, सरलता और विनम्रता कभी न छोड़ें।

33

घृणा को दबाकर लाया गया प्रेम सच्चा नहीं होता

यदि ध्येय मिलने पर, सफलता प्राप्त हो जाने पर भी किसी को अशांति ही मिले तो समझ लें कि रास्ता ग़लत चुन लिया गया है। रामकथा में दो पात्र ऐसे हैं जिन्हें उच्च कोटि की सफलता मिलने पर भी अशांति मिली। शिवजी की पहली पत्नी सतीजी ने अपने पति के साथ श्रीराम कथा सुनी थी परंतु तर्कबुद्धि होने के कारण कथा ठीक से नहीं सुन सकीं। लौटते में दोनों को श्रीराम के दर्शन हुए। श्रीराम दर्शन के बाद शिवजी को आनंद आया परंतु सतीजी अशांत हो गईं। श्रीराम दर्शन के बाद अशांति हो सुनकर आश्चर्य होता है किन्तु शूर्पणखा को भी राम दर्शन से अशांति ही मिली थी ।

दरअसल दोनों ही पात्रों ने मार्ग ग़लत चुन लिया था। ग़लतियां और बुराई किसमें नहीं होती। यदि हम इनसे लड़ने लग जाएंगे तो परिणाम उल्टे ही आएंगे, जो भी काम करेंगे उसमें अशांति ही हाथ लगेगी। यदि हमारे भीतर क्रोध जैसी बुराई है तो क्रोध को दबाने का प्रयास नहीं करें, कोशिश करें कि क्रोध चला जाए। उसे दबाने में नहीं उसके जाने में शांति है। जैसे हिंसा का अभाव अहिंसा है लेकिन लोग ग़लत समझते हैं कि हिंसा का उल्टा अहिंसा है।

हम यदि घृणा को दबाकर प्रेम लाने का प्रयास करेंगे जैसा कि ज़्यादातर लोग करते हैं तो यह प्रेम सच्चा नहीं होगा। सच तो यह है

कि घृणा के अभाव का नाम प्रेम है। अध्यात्म कहता है पहले अपनी बुराई को पहचानें, सीधे उससे लड़ने न लग जाएं। हम अपनी बुराई को जितना जानेंगे, पहचानेंगे वह उतना ही विलीन होने लगेगी, विदा हो जाएगी। इस क्रिया का नाम संयम होता है। जब हम इतने संयमित होंगे तब पाएंगे कि कार्य के बाद सफलता के पश्चात हम अशांत नहीं रहेंगे।

मार्ग ग़लत चुन लिया जाए तो सफलता के बाद भी अशांति ही मिलती है। अपनी बुराई को दबाएं नहीं, उसे हमेशा के लिए विदा कर दें। शांति इसी में है। पहले अपनी बुराई को पहचानें। जितना उसे जानेंगे, वह उतनी ही जल्दी विलीन होने लगेगी।

34

दिल से याद करो, भगवान मदद करते ही हैं

देह और आत्मा के प्रयोग में सूफ़ी संत अपना पूरा जीवन बिता देते हैं। जिनका शरीर, सांस और मन पर नियंत्रण है उनका ध्यान घटित होना है और ध्यान की यह अवस्था उन्हें सिद्ध योगी सा बना देती है। ऐसी दिव्य स्थिति में उनसे जो कृत्य होते हैं फिर वे चमत्कार की श्रेणी में आते हैं।

अबुल हसन उच्च दर्जे के मुस्लिम फ़क़ीर हुए हैं। इनके मुंह से जो अलफाज निकलते थे वो सच हो जाते थे। जिनके जीवन में ध्यान सही रूप से उतर जाए तो उनकी वाणी सिद्ध हो जाती है। एक बार हज यात्रियों को अपने ऊपर ख़तरा लगा। उन्होंने अबुल हसन के पास जाकर कहा कोई ऐसी दुआ बता दीजिए जिससे सफ़र में हमारे ऊपर कोई ख़तरा न रहे। फ़क़ीर ने जवाब दिया जब कोई मुसीबत हो तो अबुल हसन को याद कर लेना। कुछ को विश्वास आया कुछ ने बात हंसी में उड़ा दी। रास्ते में डाकू आ गए। एक धनवान को अबुल हसन की बात याद आ गई और उसने फ़क़ीर को याद किया। कहते हैं वह ओझल हो गया, डाकुओं को नज़र नहीं आया। डाकुओं के जाने के बाद वह फिर नज़र आ गया। उसका धन बच गया।

जब सबने पूछा तो उसने कहा मैंने फ़क़ीर अबुल हसन को याद कर लिया था। लोगों ने बाद में अबुल हसन से पूछा हमने ख़ुदा को याद किया और इस धनवान ने आपको याद किया था। ये बच गया हम लुट

गए ऐसा क्यों? फ़क़ीर ने जवाब दिया आप लोग ख़ुदा को जुबान से याद करते हो और मैं दिल से, बस उसी का फ़र्क़ था। दिल से इबादत ऐसे ही नहीं हो जाती है। उसके लिए शरीर, सांस और मन में एक साथ शांति लाना पड़ती है। इसका नाम ध्यान होता है। ध्यान की एक आसान विधि है ज़रा मुस्कराइए...।

सिद्ध योगी बनने के लिए ध्यान ज़रूरी है। ध्यान के लिए ज़रूरी है शरीर, सांस और मन पर नियंत्रण हो। जिनके जीवन में सही रूप से ध्यान उतर जाए उनकी वाणी सिद्ध हो जाती है।

35

ईश्वर पर विश्वास होना अपने आपमें बड़ी सुरक्षा है

भक्त भगवान पर भरोसा करते हैं और सुरक्षा की गारंटी भी चाहते हैं। हम जितना संसार से अपने आपको सुरक्षित रखना चाहेंगे, परमात्मा के प्रति विश्वास पैदा करने में उतनी ही बाधा आएगी। संसार में रहकर हम प्रयास करते हैं कि सुरक्षा का एक घेरा हमारे आसपास बन जाए। हमारे लिए कभी-कभी परमात्मा भी सुरक्षा करने की वस्तु हो जाता है बस होना चाहिए विश्वास। परमात्मा पर भरोसा रखिए उसके बाद भूल जाइए कि आप सुरक्षित हैं या असुरक्षित। बाक़ी काम ईश्वर देखेंगे।

परमात्मा पर विश्वास होना अपने आपमें ही एक बहुत बड़ी सुरक्षा है। भगवान हमेशा अपने भक्तों से कहते हैं तुम लोग सुखद संभावना के पात्र हो। इसलिए असंतोष और असमंजस से बाहर निकलो। भगवान तीन तरह के भक्तों को सावधान करते हुए कहते हैं मैं उन लोगों से नाराज़ रहता हूं जो अन्याय करते हैं, सीधे-सीधे अन्याय सहते हैं और जो इन दोनों स्थितियों को देखते हैं। इस मामले में मुझे मूकदर्शक और ग़ैर ज़िम्मेदार लोग पसंद नहीं हैं।

मैं अपने भक्तों का अंतिम समय तक और पुनः आरंभ तक साथ देता हूं। मेरे पास सुधार की संभावना है और दुलार के अनेक अवसर हैं जो मैं भक्तों के लिए सुरक्षित रखता हूं। फिर भी भक्त हैं कि वे मुझे ही धोखा देने को तैयार रहते हैं।

हम भक्तों को यह समझना होगा कि अभी वह धूल ही नहीं बनी है जो भगवान की आंख में झोंकी जा सके। इसलिए सांसारिक सुरक्षाओं पर अधिक मत टिकिए। धन, भवन, रिश्ते, पद ये सब सांसारिक सुरक्षा के दृश्य हैं जो माया की तरह हैं। आज हैं कल नहीं रहेंगे।

भवन में रहो, भवन को अपने भीतर मत रखो। धन आपके खाते में हो आपके दिल में न हो। हृदय में भगवान के प्रति विश्वास हो तो देह को भले ही संसार में उतार दें फिर ख़तरा नहीं रहेगा।

विश्वास जीवन का बड़ा पहलू है। विश्वास हो तो स्वयं ईश्वर भी हमारी मदद को उपस्थित हो जाते हैं। परमात्मा पर विश्वास होना अपने आपमें एक बहुत बड़ी सुरक्षा है। फिर संसार से कोई ख़तरा नहीं।

36

बड़ों की संगत से मिलने वाली ऊर्जा का पूर्ण सदुपयोग करें

दुनिया में रहते हुए अनेक लोगों को कई बार ऐसा लगता है कि किसी बड़ी हस्ती की निकटता प्राप्त हो जाए। कोई दिव्यात्मा हमें स्पर्श कर ले और यदि ऐसा होता है तो कभी-कभी हमें एक नई ऊर्जा प्राप्त होती है। इसे अध्यात्म ने सान्निध्य ऊर्जा (एनर्जी ऑफ़ प्रॉक्सीमिटी) कहा है और जब ऐसी ऊर्जा मिले तो उसका उपयोग करना हमें आना चाहिए।

श्री हनुमानजी के जीवन में एक अवसर ऐसा आया था। राजा सुग्रीव के आदेश पर जब वानर चारों दिशाओं में सीताजी की खोज के लिए भेजे गए तो कहते हैं हनुमानजी सबसे पीछे थे। श्रीराम सबको विदाई दे रहे थे तो लिखा गया है - *पाछे पवन तनय सिरु नावा, जानि काज प्रभु निकट बोलावा।* जो व्यक्ति सबसे पीछे आया है राम ने उन्हें काम देने का विचार कर अपने निकट बुलाया। श्रीराम को सीताजी के पास दूत के रूप में भेजने के लिए किसी का तो चयन करना ही था। सारी संभावना उन्हें हनुमानजी महाराज में दिख गई।

हर बीज वृक्ष नहीं बनता लेकिन चैतन्य लोग उस एक बीज को पकड़ लेते हैं जिसमें वृक्ष बनने की संभावना है। राम चैतन्य थे और हनुमान बीज में भरी हुई संभावना थे। बात यहीं समाप्त नहीं हुई *परसा सीस सरोरुह पानी, करमुद्रिका दीन्हि जन जानी।* अपने हाथों से श्रीरामजी ने हनुमानजी को स्पर्श किया और अंगूठी सौंप दी। यहां

हनुमानजी को एक दिव्य सत्ता की निकटता और स्पर्श दोनों मिल गए। इसी सान्निध्य ऊर्जा का उपयोग उन्होंने लंका में जाकर किया।

हमें यही सीखना है। अच्छे, समझदार सक्षम और बड़े लोगों का साथ मिले ऐसा प्रयास करें किंतु उस संग से जो ऊर्जा मिले उसका भरपूर सदुपयोग किया जाए। साथ देने के लिए इस समय सर्वाधिक सुलभ देवता हनुमानजी महाराज हैं। वे आपके पास कभी भी आ जाएंगे। बस ज़रा मुस्कराइए...।

हर बीज वृक्ष नहीं बनता लेकिन चैतन्य लोग उस एक बीज को पकड़ लेते हैं जिसमें वृक्ष बनने की संभावना हो। प्रयास करें अच्छे, समझदार और बड़े लोगों का साथ मिले और उनसे मिलने वाली ऊर्जा का भरपूर सदुपयोग किया जाए।

37

मालिक के प्रति निष्ठा भी एक योग्यता है

मालिक या स्वामी के प्रति निष्ठावान होना एक अच्छी व्यवस्था के लिए आदर्श स्थिति है। अपने गुण, योग्यता और परिश्रम के कारण ही कोई व्यक्ति शीर्ष पर होता है और स्वामी या मालिक की भूमिका में रहता है। 'बॉस इज ऑलवेज़ करेक्ट' का एक अर्थ यह होता है कि अपनी शीर्ष व्यवस्था के प्रति हमारी प्रतिबद्धता।

हस्तिनापुर की राजगद्दी के प्रति भीष्म की निष्ठा इसी का प्रतीक है। उन्होंने प्रतिज्ञा ली थी कि आजीवन विवाह नहीं करेंगे। इच्छामृत्यु के वरदान से विभूषित भीष्म का यह भी संकल्प था कि हस्तिनापुर की गद्दी पर बैठने वाले हर राजा में अपने पिता की छवि देखेंगे। धृतराष्ट्र राजा बने और उन्होंने भीष्म की इच्छा के प्रतिकूल कई निर्णय भी लिए। राज्य का बंटवारा हो या द्रौपदी चीरहरण का प्रसंग या फिर युद्ध का निर्णय। न चाहते हुए भी भीष्म राजगद्दी के निर्णयों का सम्मान करते रहे।

दुर्योधन से भीष्म सभी प्रकार से असहमत रहते थे किंतु चूंकि वह राजा था अतः उसके पक्ष में युद्ध के लिए वे संकल्पित भी थे। जब युद्ध में भीष्म ने पांडव सेना को परेशान कर दिया था तब पांडवों ने भीष्म के पास जाकर सलाह लेने का विचार किया था। उस समय युधिष्ठिर ने श्रीकृष्ण को एक प्रसंग सुनाया था। *समयस्तु कृतः कश्चिन्मम भीष्णेम संयुगे। मन्त्रायिष्ये तवार्थाय न तु तोत्स्ये कथश्चन। दुर्योधनार्थ योत्स्यामि*

सत्यमेववदिति प्रभो ॥ मेरी भीष्मजी के साथ एक शर्त हो चुकी है। उन्होंने कहा है कि मैं युद्ध में तुम्हारे हित के लिए सलाह दे सकता हूं परंतु तुम्हारी ओर से किसी प्रकार का युद्ध नहीं करूंगा। युद्ध तो मैं केवल दुर्योधन के लिए ही करूंगा।

भीष्म का यह सिद्धांत संपूर्ण रूप से सही न होते हुए भी इतना संदेश तो देता है कि निष्ठा बनाए रखना चाहिए। निष्ठा भी एक योग्यता बन जाती है किन्तु योग्यता में यदि निष्ठा न हो तो वह भ्रष्टाचार को जन्म दे देती है।

किसी भी व्यवस्था में शीर्ष पर पहुंचने या बॉस की भूमिका पाने के लिए योग्यता, काम के प्रति निष्ठा और परिश्रम ज़रूरी होता है। योग्यता में यदि निष्ठा न हो तो वह भ्रष्टाचार को जन्म देती है।

38

आध्यात्मिक व्यक्ति को हार में भी जीत ही दिखती है

आज जितनी भी शिक्षा, ज्ञान, समझ दी जा रही है, पाठ पढ़ाया जा रहा है और अक्ल बांटी जा रही है, उसमें यह शर्त के साथ शपथ के रूप में बताया जा रहा है कि हर काम में, हर हाल में सफल होना ही है। असफल लोग जितने हताश और परेशानी में हैं, सफल लोग उससे भी ज़्यादा परेशानी और तनाव में हैं। सफल हो जाएं और फिर लगातार सफल बने रहें, यह इरादा एक दिन दुराग्रह में बदल जाता है और यह भी आगे जाकर नशे का रूप ले लेता है।

हर बार सफल होने की इच्छा धीरे-धीरे सदैव जीत की आकांक्षा में बदल जाती है। सफलता और जीत के बारीक़ फ़र्क़ को समझ लें। सफलता में स्वहित का भाव रहता है परन्तु परहित की कामना भी बनी रहती है। सफल लोग अपनी सफलता में दूसरों का नुक़सान नहीं करना चाहते, किन्तु जीत पराजय के बिना हासिल हो ही नहीं सकती। दूसरों को पराजित करने में हम जाने-अनजाने में कब हिंसा, ईर्ष्या, द्वेष, षड्यंत्र पाल लेते हैं पता ही नहीं चलता। जीत एक काल कोठरी की तरह है और सफलता खुले कारागृह की तरह।

दुनिया में दो तरह की जेल है। पहली जो दूसरों के लिए बनाई गई है और दूसरी वह जो हमने अपने लिए बना ली है। जो अधार्मिक लोग हैं वे हमेशा दूसरों के हारने के चक्कर में रहते हैं और जीत उनके

लिए नशा है। ऐसे लोग केवल जीत ही हासिल नहीं करते वे बहुत सारी अशांति भी प्राप्त कर लेते हैं। जो धार्मिक हैं वे जीत की जगह सफलता पर टिकते हैं लेकिन पूर्ण शांति से ऐसे लोग भी वंचित रह जाते हैं। इन दोनों से ऊंची स्थिति है आध्यात्मिक होने की।

आध्यात्मिक व्यक्ति कभी भी असफल नहीं होता। उसे जीत मिले तो भी वो जीतता है, यदि हारे तो भी जीतता है। उसकी घोषणा होती है कि मुझे कोई हरा नहीं सकता, क्योंकि मैं जीतना नहीं चाहता, मैं कभी असफल नहीं होता क्योंकि सफलता के प्रति मेरा दुराग्रह नहीं है।

मेरी रुचि कर्म करने में है। पूरी निष्ठा और ईमानदारी से सफलता असफलता ऊपर वाले पर छोड़ देता हूं तभी तो आध्यात्मिक हूं। इसलिए कर्म और परिणाम को आध्यात्मिक दृष्टि से लिया जाए। केवल सांसारिक नज़रिए से न लें।

सफल होने और लगातार सफल बने रहने का इरादा एक दिन दुराग्रह में बदल जाता है। आध्यात्मिक व्यक्ति कभी भी असफल नहीं होता क्योंकि वह पूरी निष्ठा और ईमानदारी से सफलता-असफलता ऊपर वाले पर छोड़ देता है। हमें भी यही करना चाहिए।

39

बाहर जितने सक्रिय हों भीतर उतने ही निष्क्रिय हो जाएं

बाहर से मज़बूत, सक्षम और ऊर्जावान लोग कभी-कभी भीतर से कमज़ोर हो जाते हैं। संसार कहता है ख़ूब सक्रिय बनो लेकिन संसार केवल बाहर की सक्रियता पर टिक जाता है। अध्यात्म कहता है बाहर जितने अधिक सक्रिय हों भीतर उतने ही निष्क्रिय हो जाएं। जीवन की शुभ संभावनाएं एक ऐसे वृक्ष की तरह होती हैं जो जितना बाहर होता है उतना ही गहरा भीतर होता है। हमें अपने ही लिए एक बार फिर भागीरथ बनना पड़ेगा। ख़ुद ही के लिए ख़ुद के भीतर शांति की गंगा का अवतरण करना होगा।

सवाल उठता है हम भीतर कमज़ोर और अशांत क्यों हो जाते हैं। आइए इसको समझ लें। हम उतना बड़ा काम नहीं करते जितना बड़ा कर्ता अपने भीतर खड़ा कर लेते हैं। हमारा कर्ता भाव हमारे किए जा रहे कर्म से कहीं अधिक बड़ा बना दिया जाता है और इसीलिए हम परेशान होना शुरू हो जाते हैं। क्योंकि 'मैं कर रहा हूं' इस विचार में अहंकार जन्म लेता है। अहंकार का स्वभाव है संघर्ष करवाना। स्वयं का स्वयं से और दूसरों से भी। इसलिए जब कर्म बाहर हो रहा हो तो अपने भीतर एक शांति, स्थिरता और मौन होना चाहिए।

सीधी सी बात है हमारा मन निष्क्रिय हो, तन सक्रिय हो। विज्ञान के एक उदाहरण से समझें। बैलगाड़ी, साइकिल का पहिया या घूमता

हुआ पंखा, ये सब एक कील पर घूमते हैं और वह कील मध्य में होती है जिसे चाक भी कहा गया है। यह कील स्थिर है और पहिया घूम रहा है। तभी गति होती है। यदि कील भी घूमने लगे तो साइकिल, रेलगाड़ी और पंखा लड़खड़ाने लगेंगे।

इसी प्रकार हमारा मन उस कील की तरह स्थिर हो और दुनियादारी के काम पहिए की तरह उस पर घूमते रहें। हमारा केन्द्र मौन हो और परिधि सक्रिय रहे। यहीं कर्म पूरा होगा और शांति भी बनी रहेगी। संतों के जीवन में ऐसा ही होता है।

जीवन की शुभ संभावनाएं एक ऐसे वृक्ष की तरह होती हैं जो जितना बाहर होता है उतना ही गहरा भीतर होता है। अध्यात्म कहता है बाहर जितने अधिक सक्रिय हों भीतर उतने ही शांत हो जाएं। भीतर की गहराई या शांति का मतलब मौन से है।

40

परिश्रम, प्रार्थना व प्रतीक्षा से ही मनुष्य पूर्ण कर्मयोगी बनता है

जीवन में परिश्रम, प्रार्थना और प्रतीक्षा का बड़ा महत्त्व है। परिश्रम में सक्रियता, प्रार्थना में समर्पण और प्रतीक्षा में धैर्य छुपा है। इन तीनों के मेल से आदमी पूर्ण कर्मयोगी बनता है। माना जाता है कि हनुमानजी महाराज भक्त शिरोमणि हैं लेकिन उनका कर्मयोगी स्वरूप भी अद्‌भुत है। श्रीराम से मिलने के पहले हनुमानजी केवल किष्किंधा के राजा सुग्रीव के सचिव मात्र थे। उनकी विलक्षण प्रतिभा लगभग सोई हुई थी। एक दिन श्रीराम उनके जीवन में आ गए। राम ने उन्हें स्पर्श किया और हनुमानजी के भीतर की सोई हुई शक्ति जाग गई। यह घटना बड़ी प्रतीकात्मक है। सभी के जीवन में ऐसा होता रहता है। हम अपनी ही ऊर्जा को पहचान नहीं पाते। लेकिन एक काम करते रहें, हनुमानजी महाराज की तरह प्रार्थना और प्रतीक्षा न छोड़ें।

हनुमानजी की मां अंजनी ने उन्हें बचपन से ही आश्वस्त कर रखा था कि तुम्हारे जीवन में एक दिन श्रीराम अवश्य आएंगे और तुम्हारा जीवन पूरी तरह से बदल जाएगा। मां के इन शब्दों को बालक हनुमान ने अपने कलेजे पर लिख लिया था। परिश्रम वे करना चाहते थे किंतु ऊर्जा सोई हुई थी लेकिन प्रार्थना और प्रतीक्षा उनके स्वभाव में उतर गई थी। वे परमात्मा से प्रार्थना करते थे एक न एक दिन मेरे जीवन में ज़रूर आएं और उसके बाद पूरे धैर्य से उन्होंने प्रतीक्षा की।

एक दिन श्रीराम उनके जीवन में आ ही गए। यहां दो बातें हैं। जिसके संग आप रहते हैं उसके जैसे हो जाते हैं। सुग्रीव भयभीत व्यक्तित्व का व्यक्ति था तो हनुमानजी भी भीतर से थके-थके से हो गए थे। फिर मिला श्रीराम का संग और उनकी ऊर्जा जाग गई। एक ऐसी ऊर्जा जिससे आज तक संसार चार्ज हो रहा है।

यह था राम के संग का प्रभाव। इसलिए संग अच्छा रखें, परिश्रम की सदैव तैयारी हो, प्रार्थना सुबह-शाम करें और प्रतीक्षा करें तो बस परमात्मा की।

सक्रियता, समर्पण और धैर्य में ही व्यक्तित्व की पूर्णता होती है। इन तीनों के मेल के बिना आदमी पूर्ण कर्मयोगी नहीं बन सकता। संग अच्छा हो तो ये तीनों गुण स्वभाव में उतर जाते हैं।

41

ईश्वर के लिए बहाए गए आंसू अमृत बन जाते हैं

परमात्मा को पाने की जो पीड़ा होती है अध्यात्म जगत में उसे पीड़ा का सुख कहा गया है। सूफ़ी संतों ने इसे दुनिया का सबसे बड़ा दर्द माना है। परमात्मा को पाने की आकांक्षा में भीतर जो तड़प होती है जिसे जलना कहते हैं, उसे फ़क़ीरों ने सौभाग्यपूर्ण स्थिति कहा है। इस पीड़ा से जो सुख मिलता है वही सुख सूक्ष्म रूप में परमात्मा होता है और जब यह सूक्ष्म रूप विस्तारित होता है तो इसे परमात्मा की कृपा कहा गया है।

बात विरोधाभासी लेकिन सोचने जैसी है। जितनी सूक्ष्म पीड़ा होगी उतना ही विस्तार कृपा का हो जाएगा। जब हम दुनिया में प्रवेश करते हैं तो सुख की पीड़ा होती है और जब हम दुनिया बनाने वाले में प्रवेश करते हैं तो पीड़ा का सुख होता है। जो आंसू दुनिया के लिए गिराए गए वह ज़हर हैं और जो ईश्वर के लिए बहाए गए वे अमृत बन जाते हैं।

पीड़ा दोनों ही स्थिति में मिलना है जगत में भी और जगदीश में भी। फ़र्क़ होगा दुख और सुख का। मीरा ने इसे *हेरी मैं तो दरद दीवानी* कहा है। संतों की आंख से आंसुओं का निकलना, दिगंबर जैन संतों के कपड़े छूट जाना, वे वस्त्र छोड़ते नहीं हैं छूट जाते हैं, ऐसे ही मुस्लिम फ़क़ीरों का ज़िस्म सिज़दा करते समय वे झुकाते नहीं हैं बल्कि ख़ुद-ब-ख़ुद झुक जाता है। इसे कहते हैं पीड़ा का सुख।

परमात्मा को पाने की पीड़ा मनुष्य से ख़ुद ब ख़ुद कुछ ऐसे काम करवा लेती है जो चाहते हुए नहीं होते, बस हो जाते हैं। ये जो उस मालिक को पाने की पीड़ा है इसके एक क़दम नीचे ही वह बैठा हुआ है। जैसे-जैसे यह पीड़ा बढ़ती है वैसे-वैसे हमारे जीवन में परमात्मा की उपस्थिति बढ़ जाती है।

भक्ति के मामले में कहा गया है दर्द जितना अधिक होगा भगवान उतना ही निकट होगा। यदि यह दर्द कम है तो समझ लें भगवान दूर है। इसलिए इस पीड़ा को जीवन में बढ़ाते जाएं। बात उल्टी है पर प्रयोग सही है कि इसके लिए ज़रा मुस्कराइए...।

ईश्वर को पाने की पीड़ा मनुष्य से ख़ुद ब ख़ुद कुछ ऐसे काम करवा लेती है ज़ो चाहते हुए नहीं होते, बस हो जाते हैं। भक्ति में दर्द जितना अधिक होगा भगवान उतना ही निकट होगा।

42

मन से सत्संग कीजिए और तन से सदा मुस्कराइए

आज के समय में सभी लोग सुख की तलाश में लगे हैं और लगना भी चाहिए लेकिन सुख मिल जाने के बाद अशांति जीवन में नहीं होना चाहिए। बिना सोचे-समझे जो लोग सुख हासिल कर लेंगे उन्हें वह सुख भी एक दिन दुख देता नजर आएगा। सुख ऐसा गहरा मामला है कि जब यह किसी को शांति के साथ उपलब्ध होता है तो वह इस अनुभूति को दूसरे को बयान नहीं कर पाता। इसीलिए जिनके जीवन में सुख और शांति का कॉम्बिनेशन हो जाता है वे लोग अधिकांश मौक़ों पर मौन पाए जाते हैं।

जैन धर्म ने ऐसे ही लोगों को जिन कहा है, जिन्होंने कि परम अवस्था को जान लिया है और फिर मौन हो गए। यहीं दूसरी अवस्था को जैनियों ने तीर्थंकर कहा है। तीर्थ का मतलब होता है घाट। इस प्रकार तीर्थंकर का अर्थ हुआ जिसने स्वयं घाट पा लिया और दूसरों के लिए भी उसकी स्थापना की तैयारी कर ली। हमने उस पार जाने का मार्ग पा लिया अब हम आपको भी ले चलेंगे। इस भाव से मनुष्य के भीतर तीर्थंकर का जन्म होता है।

बौद्ध भी कहते हैं जिसने उस दिव्य अवस्था को पा लिया और मौन हो गया वह अरिहंत है। लेकिन जिन्होंने पाया और संसार को बांटा वह बोधिसत्व हैं। इन महापुरुषों का यह स्वभाव बन जाता है कि हमने

उस परमात्मा को पा लिया है, हम उसकी ओर जा रहे हैं लेकिन अकेले नहीं जाएंगे, आपको भी लेकर जाना चाहेंगे। उनके इस परोपकार, करुणा के भाव में संतत्व छुपा है।

इसी को सामान्य भाषा में कहते हैं कि इन्हें सुख मिला है जो संसार के अन्य लोगों को भी मिला है लेकिन इन लोगों को सुख के साथ शांति मिली है और संसार अभी शांति की खोज में लगा है। सुख-शांति एकसाथ मिले इसके लिए मन से सत्संग करिए और तन से ज़रा मुस्कराइए...।

सुख प्राप्त होने के बाद भी जीवन में अशांति हो तो वह सुख अधूरा है। सुख हासिल करने में भी समझ की ज़रूरत है। सुख और शांति दोनों एक साथ पाने का उपाय है सत्संग।

43

बिना ज्ञान के लीडर नहीं बना जा सकता

महाभारत युद्ध के असली लीडर श्रीकृष्ण थे। उन्होंने अपने ज्ञान का परिचय *गीता* सुनाकर दिया था। आरंभ में ही साबित किया कि बिना ज्ञान के लीडर नहीं बना जा सकता। उन्होंने बताया उनका ज्ञान *गीता* का ज्ञान है, संपूर्ण जीवन के लिए खरा ज्ञान। पूरे युद्ध की योजना, क्रियान्वयन और परिणाम में *गीता* ही अपनाई गई। अर्जुन को निमित्त बनाकर श्रीकृष्ण ने पूरे मानव समाज के कल्याण के लिए पंक्तियां कही थीं। गीता में यह व्यक्त हुआ है कि कैसी भी परिस्थिति आए, उसका सदुपयोग करना है।

18 अध्यायों में श्रीकृष्ण ने जीवन के हर क्षेत्र में उपयोगी सिद्धांतों की व्याख्या की है। युद्ध के मैदान से *गीता* ने एक महत्त्वपूर्ण सिद्धान्त दिया निष्काम कर्मयोग का। निष्कामता यदि है तो सफल होने पर अहंकार नहीं आएगा और असफल होने पर अवसाद या डिप्रेशन नहीं होगा। निष्कामता का अर्थ है कर्म करते समय कर्ताभाव का अभाव। जिस क्रिया में मैं का भाव शून्य हो वह निष्कामता है। *महाभारत* के कुल 18 अध्याय (पर्व) हैं। इनमें भी अनेक उपपर्व हैं। ऐसे ही एक उपपर्व भीष्म पर्व के अंतर्गत 13वें अध्याय से 42वें अध्याय तक *गीता* का वर्णन है।

संपूर्ण *महाभारत* में *गीता* की अपनी अलग-अलग चमक है। इसी प्रकार जीवन में, व्यक्तित्व में 'ज्ञान' का अपना अलग-अलग महत्त्व है।

श्रीकृष्ण ने पांडवों की हर संकट से रक्षा की और अपने ज्ञान के बूते पर सत्य की विजय के पक्ष में अपनी भूमिका निभाई। कौरवों के पक्ष में एक से बढ़कर एक योद्धा और पराक्रमी थे जिनमें भीष्म तो सर्वश्रेष्ठ थे ही। चाहे कर्ण हो या द्रोण सबके सब इस बात के प्रति नतमस्तक थे कि कृष्ण के ज्ञान के आगे वे कुछ भी नहीं हैं।

युद्ध में शस्त्र न उठाने का निर्णय तो कृष्ण ले ही चुके थे, अतः वीरता प्रदर्शन का तो कोई अवसर था ही नहीं। ऐसे में कृष्ण का सारा पराक्रम उनके ज्ञान पर ही आधारित था और सबने उनके इसी बुद्धि-कौशल का लोहा माना। *गीता* उसी का प्रमाण है।

गीता का महत्त्वपूर्ण सिद्धान्त है निष्काम कर्मयोग। निष्कामता का अर्थ है कर्म करते समय 'मैंने किया' के भाव का अभाव। यदि निष्कामता है तो सफल होने पर अहंकार नहीं आता और असफल होने पर अवसाद या डिप्रेशन नहीं होता।

44

शब्द गहरे अर्थ के साथ बोले जाएं तो परिणाम भी सार्थक होंगे

शब्द तब ही बोले जाएं जब हम उनके अर्थ स्वयं समझ चुके हों। इससे भी महत्त्वपूर्ण है क़ि हम दूसरों को ठीक वैसी बात समझा भी सकें। लोग हमारे शब्दों को ही न सुनें बल्कि उसके पीछे के अर्थ और उद्देश्य को भी समझ लें। हनुमानजी महाराज इस कला में ख़ूब माहिर थे। श्रीराम से पहली बार मिलने के बाद उन्होंने जब सुग्रीव से उनकी मैत्री कराई तो रामकथा में पंक्तियां आई हैं- *'तब हनुमंत उभय दिसि की सब कथा सुनाइ, पावक साखी देइ करि जोरी प्रीति दृढ़ाइ।'* यानी तब हनुमानजी ने दोनों पक्ष की सब कथा सुनाकर, अग्नि को साक्षी देकर दोनों के बीच में दृढ़ प्रेम और मैत्री की स्थापना करा दी।

यहां शब्द आया है उभय दिसि। इसका अर्थ है हनुमानजी ने दोनों पक्षों की ओर से अपना वक्तव्य दिया। उस समय यह आवश्यक था कि श्रीराम की बात और समस्या सुग्रीव समझ लें तथा सुग्रीव के संकट के निराकरण को श्रीराम ठीक से जान लें। एक-एक शब्द में संतुलन और स्पष्टता आवश्यक थी। हनुमानजी के शब्दों ने श्रीराम को सहयोगी उपलब्ध कराए और सुग्रीव को भय मुक्त कराया।

हनुमानजी के शब्द उस समय सुग्रीव की समूची वानर सेना सुन रही थी। श्रीराम हनुमानजी की वाक्य कुशलता देखकर इसलिए भी प्रभावित हुए कि उस समय उन्हें मरमिटने वाले साथियों की आवश्यकता

थी। रावण से युद्ध करने पर उनकी सेना में देवता आ नहीं सकते थे क्योंकि वे रावण से डरे हुए थे। अयोध्या से सेना श्रीराम बुलवाना नहीं चाहते थे। इसलिए सारा दारोमदार वानरों पर ही था।

हनुमानजी के शब्दों ने न सिर्फ़ मैत्री कराई बल्कि वानरों को हमेशा के लिए प्रेरित कर दिया कि हमें श्रीराम के लिए मरमिटने की तैयारी करना होगी। शब्द जब अपने अर्थ के साथ बोले जाएं तो परिणाम कितना सार्थक होता है यह प्रसंग उसका उदाहरण है।

शब्द तभी बोले जाएं जब हम स्वयं उनके अर्थ समझते हों और दूसरों को भी समझा सकें। अपने अर्थ के साथ बोले गए शब्दों के परिणाम सार्थक होंगे ही। हनुमानजी इस कला में निपुण थे। उनसे सीखा जाए शब्द प्रयोग।

45

हम जो भी करते हैं उसका हिसाब ऊपर वाला रखता है

वैराग्य किसी के भी भीतर उतरे, होता उसका अपना शाही अंदाज़ है। फ़क़ीरों को आज भी इसीलिए याद किया जाता है कि उनके भीतर उतरे वैराग्य ने उनकी जीवनशैली को एक अलग ही ढंग दे दिया था। सभी फ़क़ीर पहले अपना मंगल साधते हैं और फिर इस मंगल से सारी दुनिया मंगलमय करने की तैयारी करते हैं।

मुस्लिम संत हातमअसम चीज़ों को बड़े मज़ेदार ढंग से समझाया करते थे। एक बार स्वर्ग और नर्क को लेकर उन्होंने बड़ी गहरी और रोचक व्याख्या की। वे किसी की दावत में गए हुए थे। दावत तीन शर्तों पर मंजूर की गई थी। पहली, 'जहां चाहूंगा वहीं बैठूंगा' और जब बैठने का मौक़ा आया तो वे जूते-चप्पलों के पास जाकर बैठ गए। दूसरी शर्त थी, 'जितना चाहूंगा उतना ही खाऊंगा' और बहुत गुज़ारिश के बाद भी उन्होंने दो ही रोटी खाई।

तीसरी शर्त थी, 'जो मैं कहूंगा वैसा ही करना।' उन्होंने एक तवा बुलवाया। उस गरम तवे पर खड़े हो गए और आसमान की तरफ़ देखकर बोले मैंने दो रोटियां खाई हैं। तवे पर से उतरे और वहां मौजूद लोगों से कहा यदि तुम्हें इस बात का यक़ीन है कि क़यामत में जर्रे-जर्रे का हिसाब देना होता है तो इस तवे पर खड़े हो जाओ। लोगों ने कहा

हमें यक़ीन तो है कि ऐसा करना पड़ता है लेकिन हम तवे पर खड़े नहीं हो सकते।

हातमअसम बोले, 'जब आप लोग इस तवे पर खड़े होकर अपने गुज़ारे हुए एक दिन का हिसाब नहीं दे सकते तो क़यामत के दिन उस ज़मीन पर खड़े होकर जहां केवल आग ही आग होगी सारी ज़िंदगी का हिसाब कैसे दोगे।'

हम ज़िंदगी में जो भी कर रहे हैं ऊपर कोई इसका हिसाब रख रहा है। इसलिए अपने जमीर को साफ़ रखें और उसके मुताबिक़ भले काम करें। एक दिन ऊपर वाले को कर्मों का जवाब देना ही है।

46

बिन तपस्या मन को पकड़ना संभव नहीं

जो दिखता है वह शरीर है और जो दिखता नहीं पर करता बहुत है वह मन है। यह एक आध्यात्मिक कहावत है। बहुत आसान है किसी के शरीर को पकड़ लेना लेकिन मन को पकड़ना कठिन है। बिना तपस्या के मन पकड़ में नहीं आता। आदमी का शरीर दो भागों में बंटा है स्थूल शरीर और सूक्ष्म शरीर। इनका भेद, अंतर और उपयोग तीनों ही आदमी को आना चाहिए।

ईसा मसीह कहा करते थे, 'मेरी बातों को वे लोग सुनें जिनके कान हों और वे लोग देखें जिनकी आंखें हों।' उनके शिष्य पीटर ने उनसे एक बार पूछा आप ऐसा क्यों कहते हैं। जीसस का जवाब था - शरीर में आंख, कान और दूसरे अंग ऐसे लगते हैं जैसे चिपका दिए गए हैं। बहुत कम लोग होते हैं जो उनका सदुपयोग करते हैं। बुद्ध के लिए भी कहा जाता है कि वे एक ही बात को तीन बार दोहराते थे। ऐसा वे इसलिए करते थे कि लोग बेहोश हैं। कम से कम तीसरी बात सुनकर तो होश में आएं। इसीलिए अध्यात्म जगत की यात्रा में शरीर, उसके अंग और उसके भीतर के सूक्ष्म रूप को जानना जरूरी है।

हम लोग अधिकांशतः जीवन को ऐसी जगह से देखते हैं जहां से उसका एक ही भाग नजर आता है। दूसरा भाग ओट में रह जाता है। जैसे पेड़ को देखें तो देखनाभर काफ़ी नहीं होगा। उसका बीज और उसकी जड़ देखे या जाने बिना वृक्ष को देखना पूरा नहीं माना जाएगा।

बस ज़िन्दगी के साथ यही है। हम स्थूल शरीर पर टिक जाते हैं जबकि इसके पीछे जो सूक्ष्म कारण है जहां सूक्ष्म शरीर है उसे भी जानना चाहिए।

स्थूल में सूक्ष्म और सूक्ष्म में स्थूल बसा है। साधारण भाषा में कहें तो हमारा मन सूक्ष्म शरीर है। मन को जानते ही वह शून्य या शांत हो जाएगा और यहीं से ध्यान घटित होगा।

47

अतीत की स्मृतियां वर्तमान को आहत करती हैं

जिन्हें शांति की खोज करना है उन्हें अपने भीतर की ऊर्जा को जानना होगा। हम ज़्यादातर अपनी जीवन ऊर्जा का उपयोग कर ही नहीं पाते हैं। इसका सबसे अच्छा उपयोग है इसका रूपांतरण करना। यह ऊर्जा अधिकांशतः मूलाधार चक्र पर पड़ी रहती है। इसे कल्पना के साथ सांस का प्रयोग करते हुए नीचे से ऊपर के चक्रों पर लाकर सहस्रार चक्र पर छोड़ना है। बिना किसी तनाव के इसको अपनी दिनचर्या में जोड़ लें और धैर्य के साथ करें। ऊर्जा जितने ऊपर के चक्रों पर है हम उतने ही पवित्र रहेंगे और हम जितने पवित्र हैं उतने ही शान्त होंगे। इसीलिए शांति की खोज बाहर न करके भीतर ही की जाए।

पहले तो ऊर्जा को ऊपर उठाइए तथा दूसरा इसके अपव्यय को रोकें। ऊर्जा को बेकार के ख़र्च होने से रोकने के लिए अच्छा तरीक़ा है मंत्रजप करें। व्यर्थ होती ऊर्जा सार्थक हो जाएगी। जब आप ऊर्जा के रूपांतरण में लगेंगे तो पहली बाधा बाहर से नहीं भीतर से ही आएगी और यह कार्य करेगा हमारा मन। इसलिए अपने मन पर हमेशा संदेह रखें। हम एक भूल और कर जाते हैं कि इस मन को हम अपना समझ लेते हैं, जबकि इसका निर्माण हमारे लिए दूसरों ने किया है। माता-पिता, मित्र, रिश्तेदार, शिक्षक आदि ने।

जो हमारा बीता समय है, उसने हमारे मन को बनाया है। ये अतीत की स्मृतियां हमारे वर्तमान को आहत करती हैं, इसी कारण हमारा मन या तो अतीत से बंधा है या भविष्य से जुड़ा रहेगा। मन वर्तमान से संबन्ध बनाने में परहेज़ रखता है।

मन जितना वर्तमान से जुड़ेगा, उतने ही हम शांत रहेंगे। इसी को जागरण कहा गया है। जाग्रत रहें और ऊर्जा को ऊपर उठाएं। फिर संसार की कोई परिस्थिति हमें अशांत नहीं कर सकती।

48

भक्ति के योग को हनुमानजी के माध्यम से समझा जाए

कोई कब योगी बनता है इस द्वन्द्व में लंबे समय से दुनिया उलझी है। ऊपर से देखने में भक्त और योगी अलग-अलग नज़र आ सकते हैं। जो भक्ति करने में लगे हैं उन्हें योग शुद्ध कर्मकांड लगता है। वे योगियों को अलग श्रेणी में मानते हैं। परन्तु भक्ति-योग एक ही है। इसके श्रेष्ठ उदाहरण हैं हनुमानजी। योग के आठों अंग हनुमानजी महाराज की हर क्रिया, आचरण, व्यवहार, स्वभाव में दिखते हैं। योगी के भीतर भक्त कैसे बसे, यह हनुमानजी से सीखें।

सीताजी की खोज में वानर निकल चुके थे। हनुमानजी को चुप बैठा देख जांबवंत ने पूछा था कहइ *रीछपति सुनु हनुमाना, का चुप साध रहा बलवाना।* हे बलवान हनुमान यह क्या चुप्पी साध रखी है। उस समय हनुमान योग की गहरी मुद्रा में थे। जब वे बोले तो उन्होंने समुद्र को लांघने पर टिप्पणी की। *सिंहनाद करि बारहि बारा, लीलहिं नाघउं जलनिधि खारा।* उन्होंने सिंहनाद करके कहा इस खारे समुद्र को मैं खेल-खेल में लांघ सकता हूं। ऐसा उन्होंने कर भी दिया था।

यह समुद्र ही मन है। मन के सागर को लांघना ही योग है, ध्यान है। सामान्यत: ऐसा माना जाता है कि योग अभ्यास का विषय है इसीलिए इसे योगाभ्यास कहा गया है। लेकिन कुछ सन्तों का मत है कि बहुत गहराई में जाएं तो योग अभ्यास का नहीं समर्पण का मार्ग है।

कई साधनों में से अभ्यास एक साधन हो सकता है लेकिन समर्पण की स्थिति आने पर योग सहज हो जाएगा।

योग के आठ अंग में से दूसरे अंग नियम के पांचवें भाग को ईश्वर प्रणिधान कहा गया है। इसका अर्थ है ईश्वर के प्रति समर्पण। यह महत्त्वपूर्ण साधन है।

भक्ति और योग में अंतर नहीं है। इसके श्रेष्ठ उदाहरण हैं हनुमानजी। वे भक्ति में समर्पण का प्रतीक हैं। इसलिए भक्ति के योग को हनुमानजी के माध्यम से समझा जाए और अभ्यास तथा समर्पण के साथ योग किया जाए।

49

नम्रता भक्ति का गहना है, इसे कभी न छोड़ें

भक्ति करने वालों को कभी-कभी ख़ुद से ही यह शिकायत होने लगती है कि न चाहते हुए भी उनके भीतर अहंकार का जन्म हो जाता है। सिक्ख संत हुजूर स्वामीजी ने एक जगह बड़ी सुंदर बात कही - *कोमल चित्त दयामन धारो परमारथ का खोज लगाना।* परमात्मा से मिलना हो तो हृदय कोमल हो तथा दूसरों के दर्द की अनुभूति करने की लालसा हो।

संत तो यहां तक कहते हैं यदि हमारे शत्रु पर भी दुख आए तो हमारी आंखें नम हो जाएं। नम्रता भक्ति का गहना है, इसीलिए सन्त लोग अपने आश्रमों में साध-संगत की सेवा पर जोर देते हैं। जितनी अधिक सेवा करेंगे नम्रता उतनी अधिक बढ़ती जाएगी और नम्रता का परिणाम है अहंकार का खत्म होना। नम्रता बड़े-छोटे, ऊंच-नीच का भेद मिटा देती है।

हनुमानजी के जीवन में नम्रता के दो उदाहरण आते हैं। लंका जाते समय सुरसा ने उनको खाने का प्रयास किया लेकिन वे सुरसा को माता कहकर प्रणाम करके उसके मुंह से बाहर निकल गए। ऐसे ही रावण के दरबार में उन्होंने रावण से हाथ जोड़ते हुए निवेदन किया था - *बिनती करउं जोरि कर रावन, सुनहु मान तजि मोर सिखावन।* हनुमानजी ने कहा था रावण मैं हाथ जोड़कर तुमसे विनती कर रहा हूं तुम अभिमान छोड़कर मेरी सीख सुन लो।

ये दो घटनाएं बताती हैं कि हनुमानजी सक्षम थे और अपने शत्रु के सामने खड़े थे लेकिन इसके बाद भी बातचीत और क्रिया में अत्यधिक विनम्र थे।

नम्रता भक्ति का गहना है। जो भगवान की भक्ति करना चाहता है उसे नम्र होना पड़ता है। हम सभी परमात्मा के प्रतिनिधि हैं। इसलिए जीवन में विनम्रता कभी नहीं छोड़ें।

50

जीवन में कभी अपने होने को न भूलें

यह दुनिया ऊपर वाले का ख़्वाब है, परमात्मा की माया है। भगवान जब सपने देखता है तो दुनिया का निर्माण हो जाता है। यह एक सूफ़ी ख़याल है। इसी तरह जब हम दुनिया में रहें और यदि हमें यह बात समझ में आ जाए कि है तो परमात्मा का सपना फिर भी सच है और हम इस सच का हिस्सा हैं तो समझो हम जाग्रत हो गए, होश में आ गए।

इस्लाम में सूफ़ी परंपरा में एक प्रयोग किया गया है कि हम जो भी काम करें उसमें अच्छी तरह ख़याल रखें कि हम हैं। अपना होना न भूल जाएं। चाहे पैदल चल रहे हों, कपड़े बदल रहे हों, स्नान कर रहे हों या खाना खा रहे हों। अपने होने को न भूलें। होता यह है कि हम भूल जाते हैं कि हम हैं और इसका ख़याल जाते ही हम दूसरे चक्करों में उलझ जाते हैं।

जब हम रात को सपना देखते हैं तो सपने में जो घट रहा होता है उससे हम जुड़ जाते हैं। कभी-कभी तो परेशान हो जाते हैं, चौंककर नींद खुल जाती है, परंतु दिनभर जागते हुए हमें हम हैं इस बात का ख़याल रहे तो रात को सपने में हम जुड़ेंगे नहीं और सपना सपना ही रहेगा जबकि हम सपने में धोखा खा जाते हैं। सपना यथार्थ लगने लगता है।

शाहशुजा करमानी ऊंचे दर्जे के फ़क़ीर थे। वे 40 साल नहीं सोए। उनके बारे में कहते हैं जब उन्हें नींद परेशान करती तो आंखों में नमक

का सुरमा लगा लेते। एक दिन 40 साल बाद जब सोए तो सपने में अल्लाह के दीदार हो गए। शाहशुजा ने कहा, 'अर्से से जागते हुए आपको ढूंढ़ रहा था और अब मिले हो तो ख़्वाब में।' अल्लाह ने जवाब दिया, 'यह तेरे जागने का ही नतीज़ा है।' इसके बाद शाहशुजा आमतौर पर इसलिए नींद निकाला करते थे कि नींद में अल्लाह के दर्शन हो जाएंगे।

यदि हमें होश है कि हम हैं तो हम सपने को यथार्थ नहीं मानेंगे और दुनिया के यथार्थ को सपना समझकर जी लेंगे। इसी में ज़िंदगी का अमन और ख़ैरियत है।

51

मणिकांचन योग है योग्यता और भोलापन

शब्द ज्ञान तो बढ़ा देते हैं लेकिन ध्यान को बाधित कर देते हैं। *श्रीहनुमानचालीसा* दुनिया में ख़ूब बोली जा रही ऐसी पंक्तियां हैं जो आपको मौन में उतार देंगी और यहीं से ध्यान या मेडिटेशन घटेगा। इसकी छठवीं चौपाई *'शंकर सुवन केसरी नंदन, तेज प्रताप महाजग बंदन'* को लेकर पंडितों का अलग-अलग मत है। आइए शब्द तथा अनुभूति को समझा जाए।

कुछ विद्वान कहते हैं शंकर सुवन का अर्थ है हनुमानजी स्वयं शंकर हैं और अन्य का मत है वे शंकरजी के बेटे हैं। जो पुत्र मानते हैं उनके पास *शिवपुराण* में व्यक्त हनुमत जन्म कथा का आधार है और स्वयं शंकर हैं ऐसा मानने वाले *विनय पत्रिका* में प्रकाशित एक क्षेपक कथा का प्रमाण देते हैं। *दोहावली* तथा *आनंद रामायण* के प्रसंगों की चर्चा भी की जाती है। सच तो यह है कि हनुमानजी के जन्म की सात-आठ कथाएं हैं। इस कारण भी मान्यता में भेद आना स्वाभाविक है।

सुवन शब्द को पकड़कर हम शोध में तो पहुंच सकते हैं, पर भक्ति में नहीं उतर पाएंगे। शंकर सुवन पंक्ति में जो अनुभूति है मात्र शब्द शोध से खोखली हो जाएगी। हमें वहां जाना होगा जहां इनका आरंभ हुआ था। शंकर सुवन लिखते समय तुलसीदासजी का भाव था हनुमानजी को शंकरजी के भोलेपन से जोड़ना। क्योंकि इसी की अगली पंक्ति में लिखा

है *'तेज प्रताप महा जग बंदन।'* तेजस्वी और प्रतापवान यदि भोलेपन से भरा हो तो वह हनुमान होता है।

आज के दौर में जब भोलापन मूर्खता और सरलता बेवकूफ़ी मान ली गई हो तब तुलसीदास जी की यह मांग बड़ी ज़रूरी है कि हनुमान भक्त भोलापन बचाकर रखें। योग्यता और भोलापन मणिकांचन योग है।

52

रिश्तों में कड़वाहट पैदा करती है तेरे-मेरे की नीयत

मामला भक्ति का हो या व्यवसाय का, झूठ या स्वार्थ नहीं चल सकता। इस समय रिश्तों की व्यावहारिकता पर जोर दिया जाता है जबकि ध्यान दिया जाना चाहिए पवित्रता पर। आपसी संबंध उपहारों की तरह बना दिए गए हैं। इस हाथ दो, उस हाथ लो। रिश्तों या संबंधों में जब लेने-देने या तेरे-मेरे की नीयत आ जाए तब जीवन में लोभ, स्वार्थ, षड्यंत्र और अशांति आना ही है।

जैसे हम दुनिया में इस तरह से रिश्ते निभा रहे हैं वैसे ही दुनिया बनाने वाले भी निभाने लगते हैं और यहीं से गड़बड़ शुरू हो जाती है। भगवान से हमारा रिश्ता कैसा हो यह सवाल हर भक्त के मन में आता रहता है। क्या हम करें और क्या वो करेगा सवाल के इस झूले में हमारी भक्ति झूलती रहती है।

श्रीकृष्ण अवतार में सुदामा प्रसंग इस प्रश्न का उत्तर देता है। संदीपनि आश्रम में बचपन में श्रीकृष्ण-सुदामा साथ पढ़े थे। बाद में श्रीकृष्ण राजमहल में पहुंच गए और सुदामा ग़रीब ही रह गए। सुदामा की पत्नी ने दबाव बनाया और सुदामा श्रीकृष्ण से कुछ सहायता लेने के लिहाज़ से द्वारिका आए। एक मित्र दूसरे मित्र से कैसे व्यवहार करे इसका आदर्श प्रस्तुत किया श्रीकृष्ण ने।

ख़ूब सम्मान दिया सुदामा को लेकिन विदा करते समय ख़ाली हाथ भेज दिया। वह तो बाद में अपने गांव जाकर सुदामा को पता लगा श्रीकृष्ण ने उनकी सारी दुनिया ही बदल दी। भगवान के लेने और देने के अपने अलग ही तरीक़े होते हैं। बस हमें इन्हें समझना पड़ता है। वह दिखाकर नहीं देता पर खुलकर देता है।

इस प्रसंग का ख़ास पहलू यह है कि सुदामा ने पूछा था कृष्ण मैं आपका भक्त होकर भी ग़रीब क्यों रह गया? श्रीकृष्ण ने कहा था कि बचपन की घटना याद करो। एक बार गुरु माता ने तुम्हें चने दिए थे कि जब जंगल में लकड़ी लेने जाओ तो कृष्ण के साथ बांटकर खा लेना। तुमने वो चने अकेले खा लिए, मेरे हिस्से के भी। जब मैंने पूछा था तो तुम्हारा जवाब था, कुछ खा नहीं रहा हूं बस ठंड से दांत बज रहे हैं। भगवान की घोषणा है जो मेरे हिस्से का खाता है और मुझसे झूठ बोलता है उसे दरिद्र होना पड़ेगा।

भगवान के लेने और देने के अपने अलग ही तरीक़े हैं। हमें इन्हें समझना पड़ता है। ईश्वर दिखाकर नहीं देता पर खुलकर देता है। जो उन्हीं से झूठ बोलेगा वह उनकी अगली कृपा तक दरिद्र ही रहेगा।

53

जब बाहर धन हो तो भीतर मन ज़रूर संभाल लें

धन कमाने में जितनी अक्ल लगती है उससे ज़्यादा इसके निवेश और बचत में बुद्धि लगाना पड़ती है। ऐसा माना जाता है कि धन के व्यावहारिक पक्ष पर तो आजकल सभी समझदार हो गए हैं। इस समय तो ऐसा माना जाता है कि इस दौर में तो बच्चा पैदा होते समय ही धन-दौलत के मामले में सिखा-सिखाया आता है। लेकिन यदि धन का आध्यात्मिक पक्ष नहीं समझा गया तो यह सुख से अधिक दुख का कारण बन जाता है।

अमीरी और दौलत अपने साथ प्रदर्शन व दिखावे की आदत लेकर आती है। यहीं से जीवन में आलस्य और अपव्यय का आरंभ भी हो जाता है। दुर्व्यसन दूर खड़े होकर इन दोनों बातों की प्रतीक्षा कर रहे होते हैं कि कब आदमी आलस्य, अपव्यय के गहने पहने और हम प्रवेश कर जाएं। जब जीवन में बाहर से धन आ रहा हो तो समय रहते हम भीतर के धन की पहचान कर लें। जब हम धन के बाहरी इन्तज़ाम जुटा रहे हों उसी समय मन की भीतरी व्यवस्थाओं के प्रति सजग हो जाएं।

मन की चार अवस्था मानी गई है। स्वप्न, सुषुप्ति, जाग्रत और तुरीय। तुरीय अवस्था यानी हमारे भीतर किसी साक्षी का उपस्थित होना, हम हैं इसका होश रहना। बहुत गहरे में हम पाते हैं कि चाहे हम सो रहे हों या जागते हुए कोई काम कर रहे हैं, हमारे भीतर कोई होता है

जो इन स्थितियों से अलग होकर हमें देख रहा होता है। थोड़ा होश और अभ्यास से देखें तो हमें पता लग जाता है कि यह साक्षी हम ही हैं। इसे ही हमारा होना कहते हैं।

धन के मामले में जितने हम तुरीय अवस्था के निकट हैं उतने ही प्रदर्शन, अपव्यय, आलस्य, दुर्गुणों से दूर रह पाएंगे। यह धन का निजी प्रबंधन है तथा तब दौलत आपको सुख के साथ शांति भी देगी।

जीवन में सुख-शांति के लिए धन ज़रूरी है लेकिन यदि धन का आध्यात्मिक पक्ष नहीं समझा गया तो यह सुख से अधिक दुख का कारण बन जाता है। धन का प्रदर्शन व अपव्यय न हो तथा आलस्य को दूर रखकर ही इसका सुख उठाया जा सकता है।

54

अपनी चाहत और ईश्वर के फ़ैसलों में तालमेल बनाए रखें

ईश्वर और हमारे बीच एक अघोषित समझौता काम कर रहा होता है। भक्त भगवान से कभी-कभी शिकायत करता है कि हमने इतनी मारा-मारी मचा रखी है फिर भी हमारे चाहे काम नहीं हो रहे। अब परमात्मा क्या कह रहे हैं यह भी समझ लें। उनका हमसे कहना है कि तू वह करता है जो तू चाहता है, पर होता वह है जो मैं चाहता हूं। तो सुन, अब तू वह कर जो मैं चाहता हूं तो फिर होगा वही जो तू चाहता है।

इस वाक्य को एक-दो बार मन में दोहरा लें तो हनुमानजी का सिद्धान्त समझ में आ जाएगा। वे सदैव चुस्त और मस्त रहते हैं। हर नाज़ुक मौक़े पर श्रीराम ने हनुमानजी महाराज का उपयोग किया था। एक विचित्र उदाहरण तो यह है कि जब उन्हें पत्नी सीता को विरह संदेश भेजना था तो दूत हनुमानजी को बनाया।

पति-पत्नी के विरह, अनुभूति का संदेश एक ब्रह्मचारी द्वारा भेजा गया था। कई लोग इस निर्णय को श्रीराम की असावधानी मानते हैं और बिना मांगे सलाह देने वाले तो यहां तक कहते हैं कि श्रीराम को ऐसी रिस्क नहीं लेना थी। किन्तु राम सावधानी से अधिक समर्पण पर टिके हुए थे।

राम हनुमान की इस योग्यता को जानते थे कि यह करता वही है जो मैं चाहता हूं। इसीलिए इसके साथ जीवनभर मुझे वही करना

पड़ेगा जो यह चाहता है। इसी कारण हनुमान ऐसे चरित्र बन गए कि जिनमें असफलताएं ढूंढ़े नहीं मिलतीं और जिनकी सफलताओं का कोई हिसाब नहीं रखा जा सकता। इसलिए हमारी चाहत और भगवान को फ़ैसलों का तालमेल, समझ तथा समर्पण के साथ बैठाए रखना चाहिए। यहीं से हमारे मनपसंद परिणामों के मायने बदल जाएंगे और हम हमेशा ख़ुश रह सकेंगे।

हमारी चाहत और भगवान को फ़ैसलों में तालमेल होना चाहिए। अकसर हम वही करते हैं जो हम चाहते है लेकिन होता वह है जो ईश्वर चाहता है। हमें करना वह चाहिए जो ईश्वर चाहता है, फिर होगा वही जो हम चाहते हैं।

55

जीवनशैली आध्यात्मिक होने पर ही जीवन यात्रा सफल होती है

अब लगभग यह मान ही लिया गया है कि जो 10 से 15 घंटे परिश्रम करने की तैयारी रखेंगे वे ही कामयाब हो सकेंगे। महानगरों में तो ये घंटे और बढ़ जाते हैं। काम का दबाव और तनाव इस कदर बढ़ जाता है कि नींद एक सपना तथा घर धर्मशाला बन जाता है। आए और गए की जिंदगी के बीच परिवार उपेक्षित होने लगता है।

इन सबमें एक बड़ा ख़तरा अब यह दिख रहा है कि जो युवा पीढ़ी इस समय घंटों को मुट्‌ठी में पीसकर अपनी बंद मुट्‌ठी को ऊर्जा व उत्साह का प्रतीक बनाकर भिड़ी हुई है यदि वह अपनी जीवनशैली नहीं बदलती है तो इसे सामूहिक आत्महत्या की तैयारी मान लेना चाहिए। 40 साल तक काम करने वाले लोग अपने शरीर को 20 साल में ही चुका देंगे।

ढलती उम्र के जिस पड़ाव में शरीर को जिस तरह आराम दिया जाता है उस समय शरीर बीमारियों का अड्डा बन चुका होगा लेकिन व्यावसायिकता के इस युग में ख़ूब काम करना होगा और इसका एक ही तोड़ है कि जीवनशैली को आध्यात्मिक बनाया जाए।

अध्यात्म में शरीर को महत्त्वपूर्ण माना है, बल्कि साधना में तो सबसे पहले सहायक ही शरीर होता है। शरीर बाधक तब बनता है जब केवल उसे ही सब कुछ मान लिया जाता है और मन पुल के रूप में

शरीर को आत्मा से चिपका देता है। यहीं से बीमारी और अशांति का जन्म होता है। महावीर स्वामी ने कहा है- *आरूहवि अंतरप्पा, बहिरप्पा छंहिऊण तिविहेण। झाइज्जइ परमप्पा, उवइट्ठं जिणवरिंहेहिं।।* अर्थात तन, मन, वचन, काया से बहिरात्मा को छोड़कर अंतरआत्मा में आरोहण कर परमात्मा का ध्यान करो।

संक्षेप में इसका अर्थ यह है कि शरीर को भीतर उतारा जाए और मन:स्थिति के अनुसार शरीर से बाहर के काम लिए जाएं। इस प्रक्रिया का नाम ध्यान है और सभी धर्मों ने ध्यान को माना है क्योंकि बिना ध्यान के केवल शरीर से की गई यात्रा सफलता को एक दिन असफलता में बदल देगी।

व्यावसायिकता के भागमभाग भरे इस युग में ख़ूब परिश्रम करते हुए शरीर को भी साधना होगा। इसका एक ही उपाय है जीवनशैली को आध्यात्मिक बनाया जाए। बिना ध्यान के केवल शरीर से की गई यात्रा सफलता को असफलता में बदल देगी।

56

व्यक्ति के भीतर का 'मैं' उसको दूसरे से पृथक करता है

सभी महापुरुष भीतर से एक जैसे होते हैं। उनके भक्त, शिष्य, संप्रदाय के लोग उन्हें जो बाहरी जामा पहनाते हैं उससे वे अलग-अलग नज़र आते हैं। लेकिन जिसके भी भीतर परमात्मा घटा वे सब फिर अंदर से एक जैसे हो जाते हैं। साधना की भाषा में इसको वासना शून्य कहा गया है। यहां वासना का अर्थ है अपना अहंकार। व्यक्ति के भीतर का 'मैं' उसको दूसरे से पृथक करता है।

भगवान कृष्ण ने एक जगह बड़ी सुंदर बात कही है कि जो लोग मानवता के उत्थान के लिए जुटे हुए हैं, जो अध्यात्म को सही अर्थ में जीने की कला सिखा रहे हों ऐसे सारे लोग भीतर से एक जैसे होंगे क्योंकि उस समय उनके भीतर 'मैं' का भाव काम नहीं कर रहा होगा। इसीलिए नानक, बुद्ध, महावीर, जीसस, कृष्ण और राम भीतर से लगभग एक जैसे हैं। इनके मक़सद एक हैं, इनकी क्रियाएं भी एक हैं, पर चूंकि हम बाहर से देखेंगे तो अलग-अलग नज़र आएंगे।

ये महापुरुष दरअसल एक ऊर्जा हैं जो करुणा के कारण किसी के भी भीतर जन्म ले लेती है। इसलिए हमें ध्यान रखना चाहिए कि हमारे भीतर जब ऐसी ऊर्जा आए उसका जन्म हो तो हम सावधान रहें और इसे पकड़ लें। कई बार हम जान ही नहीं पाते कि हमारे भीतर भी ऐसी हस्तियों का जन्म हो चुका है। बाहरी जीवनशैली इतनी हावी हो जाती

है कि हमारे भीतर हमारा धर्म, परमात्मा, गुरु उतरता है और हमें पता ही नहीं चल पाता।

ऊर्जा अवतरण के इन क्षणों में जितना सावधान रहेंगे उतना जीवन का आनंद उठा लेंगे। इसलिए रोज़ सोते समय एक बार दिनभर के हिसाब में इस बात का चिंतन करें कि वे कौन से क्षण थे कि आपने स्वयं को इस ऊर्जा के निकट पाया और उन क्षणों का लगातार चिंतन आरंभ कर दीजिए। एक दिन यह चिंतन क्रिया में बदल जाएगा और जीवन का आनंद बढ़ता जाएगा।

व्यक्ति के भीतर का 'मैं' उसको दूसरे से पृथक करता है। जो लोग मानवता के उत्थान के लिए जुटे हों, जो अध्यात्म को सही अर्थ में जीने की कला सिखा रहे हों ऐसे लोग भीतर से एक जैसे होते हैं क्योंकि उनके भीतर 'मैं' का भाव काम नहीं कर रहा होता है।

57

मजहब का गहना होता है सब्र

मजहब कोई सा भी हो, वह बेताबी और दक़ियानूसी के ख़यालात नहीं देता। धर्म का दूसरा नाम ही धैर्य है और प्रगतिशीलता उसकी विशिष्ट शैली होती है। हज़रत मुहम्मद ने जिस तरह से इस्लाम को स्थापित किया था उसमें ये दोनों बातें बड़ी बारीक़ी से क़ायम रखी गई थीं। मुहम्मद पर तेईस सालों तक कुरान की आयतें उतरी थीं। एक लंबे समय तक तो उनके घरवाले ही उनकी बात सुनते थे, बाहर के लोग तो यक़ीन करते ही नहीं थे। उनके एक चाचा अबू लहब और चाची उम्मे जमील न सिर्फ़ उन्हें बद्दुआ देते थे बल्कि रात को जिस रास्ते से मुहम्मद गुज़रा करते वहां कांटे बिछा देते थे।

भक्ति के मार्ग में पहला विरोध अपनों से ही शुरू हो जाता है। यह परीक्षा ऊपर वाला इसलिए लेता है कि वह हमारा धैर्य बढ़ाना चाहता है। व्यक्तित्व का गहना होता है सब्र। मुहम्मद की दिनचर्या आम लोगों की तरह थी इसलिए उस वक्त अरब के लोग उन्हें पैगंबरी का फर्ज़ी दावेदार बताते थे। उन्हें जादू गिरफ़्त इन्सान भी कहा गया। लेकिन मुहम्मद का मानना था आदमी घर-गृहस्थी, व्यापार, दुनियादारी में रहकर भी परवरदिगार को हासिल कर सकता है। उन्होंने अपने इस सब्र को प्रगतिशीलता से जोड़ा और उन दिनों मक्का तथा ताइफ़ में जो समझदार, जानकार लोग थे उनसे लगातार ताल्लुकात बनाए रखे, विचारों

का आदान-प्रदान किया। उनके ऊपर कुरान की एक आयत उतरी थी जो उनके प्रगतिशील विचारों का प्रतीक है।

ऐ परवरदिगार मुझे ज्ञान (इल्म) और सूझबूझ अता फरमा और नेक लोगों में शामिल कर। (सुर : 26 आ. 83)पाकिस्तान में प्रवचन के दौरान मुझे इस्लाम को मानने वाले जितने लोग मिले, हम सब एक बात पर सहमत होते दिखे कि मजहब जब तक जिस्मानी हैं तब तक भेदभाव, छल, हिंसा है लेकिन रूहानी होते ही सब एक हैं।

धैर्य (सब्र) और प्रगतिशीलता व्यक्तित्व के गहने हैं। जिसमें ये गुण हों वे लोग घर-गृहस्थी, व्यापार, दुनियादारी में रहकर भी ईश्वर को हासिल कर सकते हैं। सब्र के साथ अपने विचारों को प्रगतिशील बनाइए।

58

गुरुकृपा से ही संभव है भीतरी व्यवधानों का समाधान

आज की दुनिया तर्क प्रधान है। हर बात को विज्ञान की दृष्टि से नापा और मापा जाता है। जैसे भौतिक विज्ञान होता है वैसे ही अध्यात्म का भी अपना विज्ञान होता है। जो बातें भौतिक विज्ञान की दृष्टि से ठीक नहीं होती वे अध्यात्म विज्ञान की दृष्टि से सही होती हैं। चित्त की आंतरिक अवस्था, संस्कारों का उदय तथा क्षय ऐसे विषय होते हैं जो अध्यात्म में आते हैं किन्तु विज्ञान इन पर कोई प्रकाश नहीं डालता बल्कि भौतिक विज्ञान तो कभी-कभी इन्हें ख़ारिज भी कर देता है।

अध्यात्म में ऐसी ही एक विधा है जिसका नाम है गुरुकृपा को प्राप्त करना। गुरुकृपा की जीवन में क्यों ज़रूरत है। दरअसल हमारे जीवन में कई बाहरी और भीतरी व्यवधान आते हैं। बाहरी दिक्कतों को निपटाने के लिए हमारी पढ़ाई-लिखाई, कामकाजी अनुभव काम आ जाता है लेकिन भीतरी व्यवधान को कैसे निपटाया जाए। आमतौर पर साधक स्थूल (बाहरी) व्यवधानों में ही उलझे रहते हैं। सूक्ष्म व्यवधानों की न उन्हें कल्पना होती है तथा न समझ ही।

सूक्ष्म व्यवधानों की सूक्ष्म-शक्ति, स्थूल-व्यवधान की अपेक्षा अनंत गुणा अधिक होती है। उस व्यवधान को दूर करने के लिए साधक के पास गुरुकृपा ही एक माध्यम है। आजकल गुरु-शिष्य परंपरा का जितना विस्तार होता गया उतनी कमज़ोरी भी आती गई। शिष्यों

की संख्या अधिकाधिक बढ़ाने की होड़ लग गई। साधकों में परस्पर वैमनस्य, एक दूसरे की निंदा, धड़ेबंदी, टांग खिंचाई साधारण बात है। ऐसे में गुरुकृपा जैसा सौभाग्य हम से छिटक जाता है।

सावधान रहें, गुरु की निकटता में इस प्रतिस्पर्धा को छोड़ दें, जो जितना सरल होगा गुरुकृपा उतनी ही अधिक महसूस कर सकेगा।

जीवन में बाहरी-भीतरी कई व्यवधान आते हैं। बाहरी दिक्कतों को निपटाने के लिए हमारी पढ़ाई-लिखाई, कामकाजी अनुभव काम आ जाते हैं लेकिन भीतरी व्यवधान गुरु कृपा के बिना नहीं निपट सकते।

59

सुख का संबन्ध केवल शरीर से न देखा जाए

केवल शरीर सुख पहुंचा दे, जो लोग ऐसा ऐसा सोचते हैं वो भारी दुख में पड़ने की तैयारी कर रहे होते हैं। शरीर के नापतौल की सामान्य विधि है सुंदरता। शरीर का महत्त्व बहुत सारे लोग सौंदर्य से जोड़कर चलते हैं लेकिन सुंदर शरीर होने का यह अर्थ बिल्कुल नहीं होता कि आदमी शांत और सुखी हो जाए। शरीर का सुख से कोई लेना-देना नहीं है। कुछ लोग इस बात से दुखी हो सकते हैं कि उनके शरीर में अच्छी बुद्धि, अच्छी वाणी और अच्छा मुखड़ा नहीं है लेकिन जिनके पास यह सब होता है यदि उनसे पूछा जाए और उनको देखा जाए तो हम पाएंगे वे भी दुखी रहते हैं।

बड़े से बड़े बुद्धिमान, सुंदर लोग जीवन के अन्तिम समय में न सिर्फ़ विचलित बल्कि विक्षिप्त भी पाए गए। इसलिए सुख का संबन्ध केवल शरीर से न देखा जाए। शरीर और मन के संतुलन को जितना साधा जाएगा उतना ही सुख और शांति के निकट पहुंचा जा सकता है।

हनुमानजी ने एक बार दोनों का सरल प्रयोग बताया है। जब वानर सीताजी की खोज में निकले थे तब हनुमानजी चुपचाप बैठ गए थे। जांबवंत ने हनुमानजी से कहा था *कहइ रीछपति सुनु हनुमाना, का चुप साधि रहेहु बलवाना।* हे बलवान हनुमान सुनो, तुम चुप क्यों हो? यहां चुप का अर्थ है अपने मन को विश्राम दे देना यानी ध्यान की मुद्रा में आ जाना।

पूरी सक्रियता के दौर में भी हनुमानजी मन से शांत थे यानी मेडिटेशन में जी रहे थे। थोड़ी देर बाद लिखा गया है *सुनतही भयऊ पर्बताकारा... ।* हनुमानजी पर्वत की तरह बड़े हो गए। यह शरीर का प्रयोग है। मन से शांत थे और शरीर से सक्रिय हो गए।

किसी की सुख-शांति शारीरिक सुंदरता से नहीं आंकी जा सकती। इसका संबंध मन से भी होता है। शरीर और मन के संतुलन को साधकर सुख और शांति प्राप्त की जा सकती है। शरीर का सही उपयोग यही है कि वह अंतरमन से संचालित हो न कि बाहरी स्थितियों से प्रभावित रहे।

60

आंसुओं की भी अपनी भाषा होती है

आंखें केवल देखने का काम ही नहीं करतीं, बोलती भी हैं। कहा गया है कुछ लोग आंखों से जुबां का काम लेते हैं। केवल वे ही आंखें बोल सकती हैं जिनके पास कुछ आंसू बचे हैं। अध्यात्म में आंखों की नमी का बड़ा महत्त्व है। आज जिस तरह की हमारी जीवन शैली है उसमें यह सोचा ही नहीं जाता कि आंखों की नमी आती कहां से है। इस समय हम बुद्धि से अधिक जुड़े हैं और आंसुओं का संबन्ध हृदय से होता है। हम अधिकांश समय बुद्धि से संचालित हो रहे हैं इसलिए हमारा पूरा चेहरा सक्रिय रहता है, गर्दन हिलती है, देह आक्रामक बना ली जाती है पर आंखें फिर भी बिना नमी के रह जाती हैं।

यह ज़रूरी नहीं है कि आंखों में हमेशा आंसू रखे जाएं, पर यह आवश्यक है कि जीवन के उन प्रसंगों में जहां संवेदनाएं आ रही हों आंसू सुखा भी न लिए जाएं। आंसू हमारे भीतर एक नया चिंतन पैदा करते हैं। राम कुछ अवसरों पर रोए थे। बुद्ध और महावीर की आंखें भी नम होती रही थीं। ईसा मसीह जब द्रवित होते थे तो उनकी आंखें झील हो जाया करती थीं। यह इन व्यक्तियों की कमज़ोरी नहीं थी बल्कि ऐसा होने पर वे और सुंदर हो जाया करते थे, क्योंकि आंसू बहते ज़रूर आंख से हैं पर आते हृदय से हैं।

आंखों की बूंदें किसी तर्क, विचार या किसी ज्ञान से नहीं आतीं, ये सीधे हृदय के कंपन से पैदा होती हैं। जब कभी एकांत में परमात्मा के

लिए या सार्वजनिक जीवन में किसी संवेदनशील घटना पर आंसू छलकें तो तुरंत उन बूंदों की भाषा को पढ़ने की कोशिश कीजिएगा।

ऐसी स्थितियों के आंसू की भी एक भाषा होती है, वे कुछ न कुछ बोल रहे होते हैं और यदि हमने उन शब्दों को सुन लिया जो केवल हम ही सुन सकते हैं तो मानकर चलिए कि उसके पीछे एक लंबी मुस्कराहट छुपी हुई मिलेगी और आप स्वयं को हृदय से जुड़ा हुआ पाएंगे। ऐसा कभी हो तो इसके बाद ज़रा मुस्कराइए, ज़रूर मुस्कराइए...।

अध्यात्म में आंखों की नमी यानी आंसू का बड़ा महत्त्व है। जब कभी एकांत में परमात्मा के लिए या सार्वजनिक जीवन में किसी संवेदनशील घटना पर आंसू छलकें तो तुरंत उन बूंदों के पीछे के कारण को जानने की कोशिश कीजिए।

61

राम-कृष्ण से सीखें गृहस्थी के प्रति सचेत रहना

यह प्रतिपल बदलाव का युग है। समय के साथ-साथ बहुत कुछ बदल जाता है। चीज़ें तेज़ी से बदल रही हैं। बहुत कुछ नया स्वीकार करना भी चाहिए। बदलते समय के साथ सब कुछ अच्छा हो ऐसा विचार तो रखें किन्तु एक नयापन, सयानापन अपने परिवार के लिए यह रखें कि सब कुछ बदल जाएगा लेकिन भारत में परिवार के मूल्य नहीं बदलेंगे और हमें उन्हें बनाए रखना पड़ेगा।

व्यावसायिक जीवन की आपाधापी और अपने कार्य के व्यावहारिक पक्षों ने आज मनुष्य को अत्यधिक प्रवासी बना दिया है। इतना अधिक भ्रमण करना पड़ता है कि कुछ लोग इस दबाव में, भागमभाग में अपनी घर-गृहस्थी को भूल ही जाते हैं। अपनों की अपेक्षाओं से मुंह मोड़ने लगते हैं।

श्रीराम और श्रीकृष्ण के जीवन से सीखें। दोनों ही अवतारों को घर और गृहस्थी की चिंता रही और उसके प्रति सचेत भी रहे। अपने लक्ष्य की ओर बढ़ने पर, अपने संघर्ष के दौर में कभी परिवार को विस्मृत नहीं करें, उसे सहयोगी और सहारा बनाएं। श्रीकृष्ण का जीवन युद्ध, शासन, राजनीति आदि कार्यों में व्यस्त था। इन सब व्यस्तताओं के बीच वे यदुवंशियों के निवास हेतु एक सुरक्षित और समृद्धशाली नगर के लिए

कार्यरत रहे और सही समय आने पर रातोंरात अपनी प्रजा को मथुरा से द्वारका ले गए।

सब कार्यों में व्यस्त रहते हुए भी घर की सुरक्षा पर उनका चिंतन था। आज भी यह दृष्टि प्रासंगिक है। जिनके घर और परिवार शांत और सहयोगी रहते हैं, उनकी व्यावसायिक सफलताएं भी सरल और सुनिश्चित हो जाती हैं।

व्यावसायिक व्यस्तताओं के बावजूद घर-गृहस्थी को केंद्र में रखा जाए। अपने परिवार की पुरानी परम्पराएं व मूल्य और अधिक समर्पण के साथ निभाते हुए अपनों की अपेक्षाओं का भी पूरा-पूरा ध्यान रखा जाए।

62

नकारात्मक परिणाम देता है अनुचित दबाव

हमेशा 'हां' में 'हां' भरना चापलूसी की निशानी है लेकिन 'हां' में 'हां' भरवाना नुक़सान का सौदा है। जिनको हमेशा 'हां' सुनने की आदत सी हो गई है वे तथ्य के सत्य से दूर चले जाएंगे।

अपने अधीनस्थों और सहयोगियों पर अतिरिक्त दबाव और अपने पद का आतंक जमाकर अच्छा काम नहीं लिया जा सकता। दबाव और भय में डूबे हुए लोग या तो परिणाम दे नहीं पाएंगे और यदि परिणाम देंगे तो उसमें भ्रम और ग़लत स्थितियों का समावेश कर देंगे। रावण के साथ ऐसा ही हुआ था। रावण के ख़ास दरबारी और मंत्री लोग उसके अत्यधिक दबाव में थे। उनमें से कोई इस बात के लिए सहमत नहीं था कि सीता को लंका में रखा जाए। किंतु रावण के डर के कारण सही बात बोल नहीं पाते थे।

जब हनुमानजी लंका जलाकर वापस लौटे तब से राक्षस भयभीत रहने लगे थे। अपने-अपने घर में सब चर्चा करते थे कि राक्षस कुल की रक्षा का कोई उपाय नहीं है। लेकिन रावण के डर के कारण कोई बोलता नहीं था। रावण जब दरबार में बैठा था और उसने मंत्रियों से पूछा कि मुझे उचित सलाह दीजिए कि मुझे क्या करना चाहिए। वे सब हंसे और कहने लगे आप चुप भी रहिए, इसमें सलाह की कौन-सी बात

है ? आपने देवताओं और राक्षसों को जीत लिया तब कुछ नहीं हुआ तो मनुष्य और वानर किस गिनती में हैं।

रामचरितमानस में सुंदर पंक्तियां लिखी हैं – *'सचिव बैद गुर तीनि जौं प्रिय बोलहिं भय आस। राज धर्म तन तीनि कर होई बेगिहीं नास॥'* मंत्री, वैद्य और गुरु ये तीन यदि अप्रसन्नता, भय या लाभ की आशा से हित की बात कहकर प्रिय बोलते हैं, चापलूसी करते हैं तो क्रमशः राज्य, शरीर और धर्म इन तीनों का शीघ्र नाश हो जाता है। इसलिए भयमुक्त कार्यप्रणाली आवश्यक है तथा 'हां' में 'हां' सुनकर चापलूसी कराना ठीक नहीं।

अधीनस्थों या सहयोगियों पर अतिरिक्त दबाव और पद का आतंक जमाकर अच्छा काम नहीं लिया जा सकता। दबाव और भय में डूबे लोग अच्छे परिणाम नहीं दे सकते।

63

धर्म की आड़ में जीवन को न उलझाएं

देश की व्यवस्था और परिस्थितियों पर चर्चा करते समय हम जिन-जिन कमज़ोरियों पर दुखी होते हैं उनमें से एक है भ्रष्टाचार। धर्म और अध्यात्म क्षेत्र के लोग कभी-कभी यह मान लेते हैं कि जीवन की अन्य व्यवस्थाओं में हमारा हस्तक्षेप नहीं होना चाहिए। हमारा काम है भजन, पूजन करना। व्यवस्था चलाने का काम दुनियादारी वालों का है। गड़बड़ यहीं से शुरू होती है।

धार्मिक लोगों को भी अपने कर्तव्यों को लेकर जागरूक रहना होगा। गुरुनानक जो पद रचना करते थे और उनके शिष्य उसी को गाकर सुनाया करते थे उसमें तत्कालीन सामाजिक, राजनीतिक और व्यावसायिक व्यवस्था पर भी सख़्त टिप्पणियां हुआ करती थीं।

हिंदू हो या मुसलमान, दोनों के आचार-विचार को लेकर गुरु नानक ने फ़ब्तियां कसी हैं। ढोंग और आडंबरों का तो उन्होंने जमकर उपहास किया है। शासक द्वारा जब निर्णय लिए जाते थे उस समय भ्रष्टाचार को लेकर गुरु नानक ने एक जगह लिखा है *'काजी होइ कै वहै निआई, बड्डी लै के हकु गवाई'* अर्थात काज़ी होकर न्याय करने के लिए बैठता है और रिश्वत लेकर ईमानदारी का हक़ या अधिकार गंवा देता है।

यानी उस काल में भी भ्रष्टाचार जमकर था और संत उसके प्रति आक्रोशित तथा चिंतित रहते थे। उन्होंने अपने साहित्य में ज़िम्मेदारी के साथ इस चिंता को स्थान भी दिया। हर अनुचित बात का वे एक इलाज

बताते थे सद्गुरु की कृपा व नाम जप। कुल मिलाकर गुरु नानक अपनी वाणी से यह समझा गए कि हम धर्म की आड़ में एक ऐसा जीवन अपना लेते हैं कि जिस बात के लिए हम बने वह न करते हुए दूसरे कामों में उलझ जाते हैं।

भ्रष्ट आचरण जीते-जीते हम भूल ही जाते हैं कि हमारा मूल धार्मिक कर्म क्या होना चाहिए। धर्म को नैतिक ज़िम्मेदारी से जोड़ें और व्यावहारिक जीवन में उसका पवित्रतम उपयोग करें।

64

रहने, खोने का भय छोड़ निर्भय होकर जिएं

ज़िंदगी में डर दो तरह से बना रहता है। पहला होता है हम जो चाहते हैं वह मिल ही जाए। हमारा पूरा व्यक्तित्व चिंतित होता है कि यदि न मिला तो क्या होगा, इसे कहते हैं न मिलने का डर। दूसरा होता है जो हमारे पास है वो कहीं खो न जाए, उसके साथ चोरी, लूट या डाका न हो जाए इस बात का डर। यह है प्राप्त अप्राप्त दोनों से ही भयभीत रहना।

जो लोग महावीर, बुद्ध, ईसा के पास रहे होंगे उन्हें इन दिव्यात्माओं ने जो अनुभूति करवाई थी वैसी ही समझ आज हमें गुरु मिल जाने पर आ जाती है। गुरुमंत्र का सतत् जप हमें एक दिन यह बोध करा देता है कि हमारे पास केवल हम ही होते हैं और न तो इसे कोई चुरा सकता है, लूट सकता है और न ही यह खो सकता है। फिर हम क्यों भयभीत होते हैं। जिस नाम, दाम, प्रतिष्ठा के होने न होने पर हम इतने डरे रहते हैं, सच तो यह है कि इन्हें हमारे रहने न रहने पर कोई फ़र्क़ नहीं पड़ता। फ़र्क़ तो इस बात पर पड़ता है कि हम हमारा होना बचाएं जिसे कोई खरोंच भी नहीं लगा सकता।

श्रीराम को जब अचानक राजतिलक के स्थान पर वनवास की घोषणा हुई तो उनके परिवार के लोग, प्रजाजन अपने-अपने हिसाब से भयभीत हुए। कैकयी को मनचाहा मिला पर उन्हें भरत का डर बना हुआ था, पता नहीं भरत क्या करेंगे। दशरथ समेत अवध वासियों को न

मिलने का डर था कि अब क्या होगा। इस पूरे दृश्य में एकमात्र निर्भय थे श्रीराम। वे जानते थे कि दुनिया जो नहीं है उसका स्मरण करती है और जो है उसका विस्मण कर जाती है।

राम के राम होने को न मंथरा मिटा सकती थी न ही कैकयी हटा सकती थी और अपने भीतर की इसी शाश्वत, सनातन अनुभूति, विश्वास ने उन्हें चौदह वर्ष वनवास में भी जन-जन का राजा बना दिया।

किसी के रहने, खोने का भय छोड़ अपने अस्तित्व में बसते हुए निर्भय होकर जीवन बिताएं। गुरुमंत्र का सतत जप एक दिन यह बोध करा देता है कि हमारे पास केवल हम ही होते हैं जिसे न तो कोई चुरा सकता है न लूट सकता है।

65

जीवन में आनंद भर देती है संवेदना

संवेदनशीलता के बिना रिश्तों की गरिमा बनाए रखना कठिन है। संसार में जीते हुए अनेक तरह के रिश्तों से पाला पड़ता है। मोटे तौर पर हमारे पारिवारिक, सामाजिक और व्यावसायिक रिश्ते होते हैं और ये सारे रिश्ते ज़्यादातर इसी बात पर टिकते हैं कि कोई मुझे क्या दे रहा है और मैं किसी को क्या दे रहा हूं। प्रेम, नाम, दाम जो भी है मामला लेन-देन पर टिकता है और वहीं पर ख़त्म होता है।

सांसारिक रिश्ते 'टू वे' की तरह होते हैं। जैसा तेरा, वैसा मेरा। यहां लेन-देन, हिसाब-किताब की बात होती है। आध्यात्मिक रिश्ते सिखाते हैं तेरा जैसा भी हो या न हो, मेरा वैसा ही रहेगा जैसा मुझे परमात्मा ने तैयार कर भेजा है।

अपनों से रिश्ते या मित्रों से संबंध जब बनते हैं तो संवेदनशीलता हो न हो सद्भाव अवश्य रहता है। लेकिन मामला जब विरोधी का, शत्रु का हो और ऐसे में हमारी संवेदना बची रहे तब प्रेम सही अर्थों में जन्म लेगा। राम-रावण युद्ध आरंभ होने को था। रावण के प्रति श्रीराम की सदाशयता थी इसलिए उन्होंने एक बार और वार्ता करने की सोची तथा अंगद को दूत बनाकर भेजा। उस समय श्रीराम ने अंगद से एक पंक्ति कही - *'काजु हमार तासु हित होइ, रिपु सन करेहु बतकही सोई।'* इसका सीधा सा अर्थ है हमारे शत्रु को इस प्रकार समझाना कि

जिसमें हमारा भी काम हो उसका भी कल्याण हो। यह शत्रु के साथ भी संवेदनशीलता का उदाहरण है।

बात यहीं ख़त्म नहीं होती। युद्ध में जब कुंभकर्ण मारा गया तो रावण बहुत निराश हो गया था। उसने श्रीराम की ओर संदेश भिजवाया कि मैं एक दिन युद्ध विराम चाहता हूं क्योंकि मेरे रिश्तेदारों का दाह संस्कार करना चाहता हूं। उस संयम श्रीराम ने एक पत्र रावण को भेजा जिसमें लिखा था युद्ध अपनी जगह है, आपके प्रमुख रिश्तेदार इस युद्ध में मारे गए हैं। मैं आपसे सहानुभूति रखता हूं। शोक की इस घड़ी में मैं और मेरा भाई लक्ष्मण आपके साथ हैं। यह पत्र पढ़कर कभी न नम पड़ने वाली रावण की आंखें भी सजल हो गई थीं। संवेदना का यही प्रमुख गुण है।

रिश्तों की गरिमा संवेदना के बिना संभव नहीं है। रिश्तों का आधार प्रेम होता है तथा संवेदना बची होने पर ही प्रेम जन्म लेता है। संवेदना जीवन के आनंद का कारण बनती है।

66

अद्‌भुत होते हैं शांत व्यक्तित्व के शब्द

जो चित्त संयम से जुड़ा है वह श्रेष्ठ हो जाता है और जीवन में शांति का कारण बन जाता है। यह एक रूहानी ख़याल है। इन्सान के भीतर की उथल पुथल, समस्याएं, सब की एक जैसी होती हैं। चाहे वह किसी भी मजहब का हो, भीतर से सब एक हैं। झंझटें बाहर आने पर शुरू होती हैं। हमारे भीतर एक जीवन ऊर्जा होती है। हम जब काम, क्रोध, लोभ जैसे दुर्गण में होते हैं तब यह बर्बाद होने लगती है और भले काम करते हैं तो उन लम्हों में यह ऊर्जा और बढ़ जाती है। तब हालात कैसे भी हों, हम ख़ुश रहना सीख जाते हैं।

मुस्लिम फ़क़ीर रबिआ एक बार बहुत बीमार थीं। ज़ाहिर है जब संत, महात्मा बीमार होते हैं तो लोग कारण ढूंढ़ने लग जाते हैं। रबिआ से कारण पूछा गया तो वे बोलीं, मेरे दिल में जन्नत पाने की इच्छा हुई, वे (ख़ुदा) ख़फ़ा हो गए होंगे, बस ये हालात (बीमारी) उसी का नतीजा है। इसे कहते हैं – *जाही बिधि राखे राम ताहि बिधि रहिए।* इसी दौरान सफ़ियान और अब्दुल वहीद आमदी नाम के दो फ़क़ीर रबिया की मिज़ाज़ पुर्सी के लिए पहुंचे। उन्होंने गुज़ारिश की कि आप ख़ुदा के नज़दीक हैं, उससे कहें, दुआ करें कि वे आपको इस बीमारी से निजात दें। रबिआ ने ख़ूबसूरत जवाब दिया। यह तकलीफ़ उसी की दी हुई है और ख़ुदा की दी हुई चीज़ की शिकायत फिर ख़ुदा से क्या करना। उसके बंदे उसकी मर्ज़ी की खिलाफ़त करें यह ठीक नहीं।

जिनका चित्त संयमित है वे शांत हो जाते हैं और शांत व्यक्तित्व के शब्द अद्भुत होते हुए जीवन में शांति का कारण बन जाते हैं। जो चीज़ हमें ईश्वर ने दी हो उसकी शिकायत ईश्वर ही से कैसे की जा सकती है।

67

अपनी इच्छाओं को परमात्मा की ओर मोड़ दें

दो मुस्लिम फ़क़ीर सगे भाई थे और उनकी बातचीत का एक मशहूर क़िस्सा है, लेकिन इसके पहले रावण और लक्ष्मण के बीच हुई चर्चा को याद करें। रावण के अंतिम समय में लक्ष्मणजी ने एक प्रश्न यह भी पूछा था कि राक्षसराज, क्या आपकी सारी इच्छाएं पूरी हो गईं। रावण ने कहा था इच्छा कब, किसकी पूरी होती है। एक ख़त्म करो तो दूसरी पैदा हो जाती है। पहली इच्छा दूसरी के लिए नींव बन जाती है। सही तो यह है कि अपनी इच्छाओं को परमात्मा की ओर मोड़ दो तो इच्छाएं परेशानी का सबब नहीं बनेंगी।

कुछ ऐसी ही बात फ़क़ीर यहिया-बिनू-मुयाजराली ने एक ख़त के जवाब में अपने भाई को लिखी थी। उनके भाई भी फ़क़ीर तबीयत के थे। वे काबा में दरगाह की सेवा का काम करते थे। भाई ने फ़क़ीर यहिया को ख़त लिखकर अपनी तीन तमन्नाओं का ज़िक्र किया था जिसमें से दो तो पूरी हो गई थीं बस एक रह गई थी। पहली यह थी कि किसी पवित्र, पाक जगह पर रहे तो काबा निवासी होने पर यह तमन्ना पूरी हो गई। दूसरी इच्छा थी ऊपर वाले की सेवा में कोई बाधा न आए, ऐसा भी हो गया क्योंकि उनकी खिदमत में एक दासी थी। तीसरी थी मौत से पहले आप (भाई यहिया) के दीदार हो जाएं। आपको देखने की तमन्ना अधूरी है।

इस ख़त के जवाब में फ़क़ीर यहिया ने जो ख़्याल लिखे वो हमारे बड़े काम के हैं। यहिया का जवाब था आदमी ख़ुद को पाक रखे तो जहां रहेगा वह जगह ही शुद्ध हो जाएगी। दूसरी बात अन्य लोगों से ख़िदमत न कराएं स्वयं सेवा करने वाला बनें और तीसरा जवाब लाजवाब था - यदि मैं आपको याद आ रहा हूं तो मुझसे मिलने की ज़रूरत नहीं रहेगी और यदि मुझे मिल भी लें पर उसे नहीं पाया तो सारी मेल-मुलाक़ात बेकार है। अपनी इच्छाओं को उस परमशक्ति की ओर मोड़ रखिए। इसका सरल तरीक़ा है ज़रा मुस्कराइए...

मनुष्य की इच्छाएं कभी पूरी नहीं होतीं। एक पूरी हो तो दूसरी पैदा हो जाती है। ये इच्छाएं कभी-कभी परेशानी का कारण भी बनती हैं। इच्छाओं को परमात्मा की ओर मोड़ दी जाएं तो परेशानी का सबब नहीं बनेंगी।

68

सुनें, मनन करें और फिर आत्मस्मृति करें

एक सामान्य कहावत है कि आंखों देखी पर भरोसा करो, कानों सुनी पर नहीं। जो लोग शंकालु प्रकृति के होते हैं उनके लिए कहा भी जाता है कि वे कानों से देखते हैं। लेकिन सुनने के मामले में अध्यात्म के पास बड़ा गहरा चिंतन है। जैन धर्म में महावीर स्वामी ने सुंदर बात कही है- *'सोच्चा जाणई कल्लाणं, सोच्चा जाणई पावगं, उभयं पि जाणई सोच्चा, जं छेयं तं समाअरे।'* सुनकर कल्याण और पाप का मार्ग जाना जा सकता है और फिर जो ठीक हो, श्रेष्ठ हो उसका आचरण किया जाए। यहां श्रवण की महत्ता बताई गई है।

सुन लेना भी एक कला है। महावीर तो यहां तक कह गए कि सुनना सदा सर्वांगीण होता है जबकि देखना नहीं। इस सम्यक श्रवण के लिए भीतर उतरना होगा। हमारे अंदर एक अनुगूंज हो रही है। कानों से प्रवेश कर रहे शब्द और भीतर की ध्वनि का जब मेल हो तो इसे ही संतों ने राइट लिसनिंग कहा है। इसे साधारण भाषा में संपूर्ण मनोयोग से सुनना माना गया है। यहां से देखने-सुनने का फ़र्क़ शुरू होता है।

सरकारी दफ़्तरों में हम देख-देखकर थक गए हैं कि काम करने वाले अधिकारी, कर्मचारी के पीछे दीवार पर टंगा है *सत्यमेव जयते।* जो दिख रहा है वह हो नहीं रहा। इसी आदर्श वाक्य के तले सारे घटिया कारनामे निपटा लिए जाते हैं। जब देखकर दुख हो तो मनोयोगी श्रवण से सही को साधा जाए। अब हमारे देश में ज़्यादातर दिख तो यही रहा

है कि नेत्रहीन ही आंख वालों का नेतृत्व कर रहे हैं।

जैन मुनि चंद्रप्रभजी ने सरल सीढ़ियां बताई हैं। पहले सुनें, फिर मनन करें और फिर निजध्यान यानी स्वयं की आत्मस्मृति करें। यदि यह क्रम ठीक हो जाए तो सुनने की प्रक्रिया में हर शब्द मंत्र बन सकता है।

कई बार जो दिखाया जा रहा होता है वह व्यवहार में हो नहीं रहा होता। सुनकर कल्याण और पाप का मार्ग जानते हुए जो ठीक हो, श्रेष्ठ हो उसका आचरण किया जाए।

69

दुनियादारी के बीच स्वाध्याय को भी दें थोड़ा समय

समझदार लोग इस बात की सावधानी रखते हैं कि कितना दुनिया पर टिकना है और कितना दुनिया बनाने वाले पर। ज़्यादा दुनिया पर टिकने में हाथ कुछ अधिक नहीं लगने वाला है। इसलिए ज़्यादा दुनिया के भरोसे न रहें। दुनियादारी में से थोड़ा वक्त अपने स्वाध्याय के लिए ज़रूर निकालें। इस कालखंड में कुछ काम दुनिया बनाने वाले के लिए किया जाए। इसी का नाम पूजा है।

भगवान महावीर से मिलने राजा बिंबसार पहुंचे। बिंबसार को इस बात का गर्व था कि उन्होंने जो दान पुण्य किया है उससे वे मोक्ष प्राप्त कर लेंगे। तीर्थंकर हंसे और कहा आपको निश्चित ही मोक्ष प्राप्त हो जाएगा किंतु तरीक़ा दूसरा होगा। आप पुण्यश्रावक से उनके जीवन का एक श्रेष्ठ समय जिसे कहते हैं एक पल वह प्राप्त कर लें। बिंबसार पहुंचे पुण्यश्रावक के पास और आग्रह किया कि आप अपने सामयिक का एक क्षण मुझे दे दें। मैं उसकी हर क़ीमत चुका दूंगा। तब पुण्यश्रावक ने कहा मनुष्य का जीवन जब राग और द्वेष से मुक्त होगा, उसका चित्त निर्मल होगा तब उसे सामयिक की उपलब्धि होती है और यदि मुझे हुई है तो मैं ऐसी उपलब्धि आपको कैसे दे पाऊंगा, यह मामला निजी है। यह हर एक को स्वयं अर्जित करना पड़ता है।

मनुष्य 24 घंटे में निर्मल चित्त के साथ थोड़ी सी भी नित्य पूजा कर ले यही वह उपलब्धि है जिसे जैन धर्म में सामयिक कहा गया है और इसका एक-एक पल पूंजी के समान है।

कभी हम पूजा-पाठ की नाव में बैठते हैं तो कभी दुनियादारी की नदी में कूद जाते हैं। यह हमें ही तय करना पड़ेगा कि हमारे लिए क्या और कितना हितकारी है। इसलिए अपने समय का उपयोग किया जाए।

70

आदत नहीं, स्वभाव का विषय है उपासना

किसी के सद्गुण हमारे भीतर उतरें इसका एक सरल तरीक़ा है उस व्यक्तित्व का यशगान किया जाए। तुलसीदासजी ने *हनुमानचालीसा* में हनुमानजी का यशगान किया है। इसीलिए जब-जब *हनुमानचालीसा* की पंक्तियां स्मरण की जाएंगी इसका सीधा सा अर्थ होगा हनुमानजी के गुण हमारे भीतर उतारने की तैयारी। बहुत गहराई में जाकर देखा जाए तो महसूस होगा यशगान भी एक तरह की उपासना होती है। उपासना का अर्थ होता है पास में बैठना, उपआसन। परमात्मा के निकट बैठना या अपने स्वयं के निकट बैठना। आजकल लोग अपने पास भी नहीं बैठते हैं।

मनुष्य बाहर बड़ी लंबी-लंबी यात्राएं करता है लेकिन भीतर अपनी ओर नहीं मुड़ता। उपासना का सीधा सा अर्थ है परमात्मा के पास थोड़ी देर शांति से बैठा जाए। पूजा करते समय मनुष्य स्वयं नहीं बैठता, शरीर से हम बैठे हैं और मन से दुनियाभर में दौड़ रहे होते हैं। इस तरह से तो हम संसार के कई काम करते हैं।

जब हम गाड़ी चला रहे होते हैं, बागवानी कर रहे होते हैं, रसोई बना रहे होते हैं, तैयार हो रहे होते हैं उस समय बाहर से करने वाला कोई और तथा भीतर से इधर-उधर घूम रहा व्यक्तित्व कोई और होता है। वह तो अचानक जब इन कार्यों में व्यवधान आता है तब ध्यान आता है हम क्या कर रहे हैं।

यह सब मशीन की तरह हो रहा है। याद रखें पूजा या उपासना आदत नहीं स्वभाव होना चाहिए। संसार आदत से चलता है परंतु पूजा स्वभाव का विषय है।

परमात्मा आदत से नहीं स्वभाव से मिलता है। हनुमानचालीसा की पंक्तियों की विशेषता है कि ये हमें हमारे स्वभाव की ओर ले जाती हैं।

71

जो मृत्यु को जान लेगा वह जीवन मस्ती से जी लेगा

जीवन मिला है तो मृत्यु तय है। दुनिया की सबसे तयशुदा घटना है मौत। हम जीवनभर बहुत सारी ऊर्जा उन बातों पर लगाते हैं जो तय नहीं हैं। हमारी इच्छाएं उसी की ओर दौड़ती हैं जो न तो स्पष्ट है न ही भरोसे का है। इच्छाएं और वासनाएं जितनी हावी होंगी हमारी गुप्त शक्तियां प्रकट होने में उतनी ही देर लगेगी। जितना हम गुप्त शक्तियों को जाग्रत कर लेंगे उतना हम मृत्यु को जान लेंगे। अब सवाल यह उठता है कि क्या मौत को जानना क्या ज़रूरी है, जब आएगी तब आएगी और उसके बाद क्या हुआ किसने देखा।

एक वर्ग इस सिद्धांत से जीवन जीता है और दूसरा वर्ग है भयभीत लोगों का। ये जीवन को मौत के भय में गुज़ारते हैं। ज़रा बारीक़ी से देखें तो दोनों ही तरीक़े के लोगों का परिणाम एक सा है। मौत का भय या मृत्यु का अज्ञान दोनों एक जैसे नतीजे देते हैं। तीसरा तरीक़ा है मृत्यु का ठीक से परिचय कर लेना। जिसने मौत को जान लिया समझो उसने जीवन होश में जी लिया।

जीवन अशांत, उदास, उबाऊ और थका हुआ इसीलिए लगता है कि हम सबसे सुनिश्चित घटना यानी मौत के प्रति होश में नहीं हैं। यह बेहोशी अगले जन्म तक परिणाम देगी। हम जो आज हैं वह पीछे से आया और लाया हुआ है। इसीलिए संतों का उनके जन्म पर पूरा

अधिकार होता है और सामान्यजन का जन्म वश में नहीं होता।

कहां, कब पैदा होना यह वश के बाहर है, लेकिन दिव्य पुरुष इस मामले में कन्फ़र्म बर्थ-डेथ वाले होते हैं। हम भी मृत्यु से परिचय ले सकते हैं। इसके तीन तरीक़े हैं गुरुकृपा, सत्संग और ध्यान। इन तीनों के माध्यम से जो मृत्यु को जान लेगा फिर वो जीवन को भी पूरी मस्ती से जी लेगा।

मृत्यु जीवन का अंतिम सत्य है। जीवन मिलता है तो मृत्यु भी होना ही है। मृत्यु के भय में डूबकर 'फिर क्या होगा' में ऊर्जा खपाना समझदारी नहीं है। जिसने मौत के सच को जान लिया समझो उसने जीवन होश में जी लिया।

72

परिष्कृत आत्मा ही परमात्मा है

परमात्मा को पाने के लिए साधना करना पड़ती है। यहीं कई लोगों को भ्रम शुरू हो जाता है। आख़िर साधना है क्या। हर धर्म में इसका स्वरूप भी बदल जाता है तो लोग और परेशान हो जाते हैं। साधना को बाहरी दृश्य से पकड़ेंगे तो कई चेहरे नज़र आएंगे ईश्वर के भी और उसकी साधना के भी। लेकिन भीतर उतरकर देखेंगे तो साधना का एक ही अर्थ है आत्मशोधन। धर्म कोई भी हो भीतरी क्रिया एक ही होगी।

हम भीतर से शुद्ध हुए बिना उस परमशक्ति को नहीं पा सकेंगे जिसे बुद्ध, महावीर, नानक ने अपने-अपने तरीक़े से पाया, लेकिन ये सब गए भीतर ही थे। इन हस्तियों को भी जब बाहर से देखा गया तो झंझटें इनके साथ भी जुड़ गईं। आत्मशोधन एकदम आसान प्रक्रिया भी नहीं है। मन एक ऐसी चट्टान है जिस पर जीवनभर बारिश करते रहो पर हरी घास नहीं उगेगी।

मन के ऊखल में फसल नहीं उगा करती। हां, मन की चट्टान होती कोमल है। एक फ़ायदा उठाया जा सकता है, चट्टान को चूरकर रेत तो बनाई ही जा सकती है और रेत व्यर्थ नहीं जाती, मज़बूत व्यक्तित्व निर्माण की नींव में सहयोगी ज़रूर होगी। आत्मशोधन पर वेदांत की एक टिप्पणी ने पूरा दर्शन स्पष्ट कर दिया है। परिष्कृत आत्मा ही परमात्मा है। इसलिए जितना हम साधना के आंतरिक रूप को जानेंगे उतना ही अपने धर्म का लाभ उठा सकेंगे और दूसरों के धर्मों का सम्मान कर पाएंगे।

परिष्कृत आत्मा पवित्र होती है। पवित्रता आते ही भेदभाव समाप्त हो जाता है। भेदभाव यदि रहे तो भक्ति नहीं हो सकती। इसलिए साधना को ठीक से समझा जाए और उसके बाद कोई भी मार्ग यानी ज्ञान, कर्म और उपासना, किसी से भी परमात्मा तक पहुंचा जा सकता है।

भीतर से शुद्ध हुए बिना कोई भी उस परमशक्ति यानी ईश्वर को नहीं पा सकता। परमात्मा को पाने के लिए साधना करना पड़ती है। साधना यानी आत्मशोधन। परिष्कृत आत्मा ही परमात्मा है।

73

जीवन का धागा गांठ मुक्त होते ही मिल जाएगा परमात्मा

धागे का उपयोग इसी बात में है कि वह सही तरीक़े से सुई में पिरोया जाए और उसमें ग़लत वक्त में, ग़लत स्थान पर गांठ न लग जाए। बिना धागे के सुई से सिलते वक्त चुभने के अलावा कुछ नहीं करेगी और बिना सुई का धागा गठानों में उलझने के सिवाय और क्या कर सकेगा। इसका सीधा संबंध मनुष्य और परमात्मा के रिश्ते से है।

ज़िंदगी के धागे में लगी इस गठान को ही ऋषियों ने ग्रंथि कहा है। मनोग्रंथि खुली और उस परमशक्ति से साक्षात्कार हुआ। वो अंशी है और हम उसका अंश हैं। इसीलिए उस ईश्वर की सारी ख़ूबियां हमारे भीतर भी हैं। पर इस ग्रंथि के कारण जिसे माया भी कहा गया है, हम उस भगवान से दूर रह जाते हैं। हम सब एक ऐसा अंगारा बन जाते हैं जो अपने ही ऊपर राख जमाए बैठे हैं। इस कालिख के नीचे हमारा ओज-तेज, प्रकाश, ऊष्मा सब अकारण दबा है।

अंगारा पूरी तरह राख में बदल जाए इसके पहले उसमें हलचल कर दें, ध्यान की फूंक से उसे प्रज्ज्वलित कर दिया जाए। कभी-कभी हम व्यावहारिक जीवन में कहते भी हैं - इसने पूर्वाग्रह की गांठ बांध ली है। ऐसा हमने भी भगवान के मामले में कर लिया है। धागे में गठान लगा दी। बारीक़ी से सोचें, गांठ और धागा एक हैं फिर भी अलग हैं। यदि खोल दें तो गांठ ग़ायब सिर्फ़ धागा रह जाएगा।

गांठ यानी जीवन का उलझाव। जीवन के धागे को गठान से मुक्त करते ही परमात्मा मिल जाएगा। हमारी वह यात्रा शुरू हो जाएगी जिसमें हम जीवात्मा से महात्मा, महात्मा से देवात्मा और अंत में परमात्मा तक पहुंच जाएंगे।

मनुष्य और परमात्मा के रिश्ते सुई-धागे की तरह हैं। ध्यान इस बात का रखना है कि धागा सही तरीक़े से सुई में पिरोया जाए, उसमें ग़लत समय पर ग़लत जगह गांठ न लग जाए।

74

आदत न बन जाए अकारण विलंब

यह तत्काल का समय है। सभी को सब कुछ जल्दी चाहिए। इस चक्कर में कुछ लोग शार्टकट अपना लेते हैं। सफलता के मामले में शार्टकट कभी-कभी भ्रष्टाचार और अपराध की सुरंग से भी गुज़ार देता है। हनुमानजी सफलता का पर्याय हैं। इनके यशगान में *हनुमानचालीसा* की प्रारंभिक पंक्तियों में गुरु की शरण की बात लिखी गई है। इस शरणागति का मतलब है मेरे पूर्ण पुरुषार्थ के बाद भी कोई शक्ति है जो मुझे असफलता से बचाएगी।

इस शरणागति को मज़बूत बनाने के लिए ही तुलसीदासजी ने *हनुमानचालीसा* के पहले दोहे में 'जो दायकु फलचारि' लिखा है। यूं तो किसी भी ग्रंथ की फलश्रुति अंत में बताई जाती है पर यहां पहले ही लिख देने का कारण यही है कि सब लोग आज तुरंत फल चाहते हैं। ये चार फल हैं धर्म, अर्थ, काम और मोक्ष।

आज के समय में शीघ्र फल की आकांक्षा हो यह तो ठीक है लेकिन शीघ्र फल दे ऐसा परिश्रम भी किया जाए। यदि हमारे ऊपर कोई दायित्व हो तो शत-प्रतिशत परिणाम के लिए प्रयास किए जाएं। यदि विवेक से काम लिया जाए तो शीघ्रता का अर्थ है आलस्य रहित सक्रियता। अकारण विलंब करना हमारी आदत न बन जाए, इसलिए हनुमानजी से हम सीख लें तत्काल का अर्थ है समयबद्ध आचरण।

ज्ञान का ख़तरा अहंकार में है और भक्ति का आलस्य में। इसलिए *हनुमानचालीसा* की पहली पंक्ति से सीखा जाए फल की आकांक्षा, आसक्ति भले ही न रखी जाए किन्तु परिणाम के प्रति तत्परता, सजगता ज़रूर रखी जाए। जब हम फल की उपलब्धि को समझ लेंगे तो प्रयासों के महत्त्व को भी जानकर ठीक से कार्य कर सकेंगे।

आज के दौर में हर आदमी अपने काम का तुरंत फल चाहता है। शार्टकट की प्रवृत्ति हमेशा ही उचित नहीं होती। शीघ्र फल की आकांक्षा हो यह तो ठीक है लेकिन शीघ्र फल मिल सके ऐसा परिश्रम भी किया जाए।

75

मौन में शब्द और शब्दों में मौन घट जाए यही फ़क़ीरी है

आप जितना कम बोलेंगे उतना अधिक सुने जाएंगे। बात अजीब लगती है। जब बोलेंगे नहीं तो सुनाई कैसे देंगे। अध्यात्म जगत में इसे 'एहसास के अल्फाज' कहा जाता है। जिन लोगों का संपर्क संत श्रीरविशंकर महाराज रावतपुरा सरकार से रहा होगा वे इसे आसानी से समझ लेंगे। वे बहुत कम बोलते हैं लेकिन उन्हें सुनने इतनी बड़ी संख्या में लोग जाते हैं जिसे देखने के लिए व्यासगादी पर बैठे अच्छे-अच्छे वक्ता तरस जाते हैं। इनका मौन इतना मुखर हुआ कि लोगों ने इनका मूल नाम और हनुमानजी के स्थान का नाम एक ही कर दिया।

रावतपुरा सरकार भिंड जिले की लाहर तहसील में स्थित हनुमान के स्थान का नाम है। यह उदाहरण है कि सिद्ध मौन शब्दों को, व्यक्तियों को, धर्म को और स्थितियों को कैसे जोड़ देता है।

फ़क़ीरी का यही मज़ा है कि मौन में शब्द और शब्दों में भी मौन घट जाता है। हज़रत मुहम्मद पर कुरान की आयतें उतरी तब वे गहरे मौन में थे। उस परवरदिगार की आवाज़ कान से नहीं, दिल से सुनी जाती है। एक बार जब आप उसकी सुनने लगते हो तो फिर करते भी वही हो जो वो चाहता हैं। इसीलिए फ़क़ीरों, संतों को देख कई बार ऐसा लगता है ये कब क्या कर बैठे, भरोसा नहीं। दरअसल उनके इस

बेभरोसे के आचरण में ही सबसे ज़्यादा स्थायित्व है, क्योंकि वे ऊपर वाले का कहा और सोचा कर रहे होते हैं।

सिद्ध मौन शब्दों को, व्यक्तियों को, धर्म को और स्थितियों को जोड़ देता है। फ़क़ीरी का यही मज़ा है कि इसमें मौन में शब्द और शब्दों में भी मौन घट जाता है।

76

निरर्थक को हटाकर सार्थक को अपनाएं

मूर्तिपूजा के दौरान अंधविश्वास और विवेक में संतुलन ज़रूरी है। देवी-देवताओं की प्रतिमाओं के सामने मत्था टेकने से मनौती पूरी हो जाएगी, यह मान लेना अंधविश्वास है। लेकिन इसमें विवेक जुड़ते ही विश्वास नए रूप में सामने आएगा। महत्त्वपूर्ण यह कि मूर्ति में हम क्या देख रहे और उससे क्या ले रहे हैं।

हिंदुओं ने मूर्ति में प्राणप्रतिष्ठा इसीलिए करवाई, बुद्ध तथा महावीर की मूर्तियां इसीलिए पूजी गई कि पाषाण में हम वो दर्शन कर लें जो हमारे व्यक्तित्व में अधूरा है। यदि विवेक दृष्टि सही है तो हमें जिस संबल की ज़रूरत है उसके दर्शन पत्थर की प्रतिमा में हो जाएंगे।

ईसा मसीह की बहुत ही सुंदर मूर्ति बनाने वाले से किसी ने पूछा आप इतना सुंदर पत्थर कहां से लाए। उस मूर्तिकार का जवाब था मैंने तो उस पत्थर को चुना जो चर्च बनाते समय ख़ारिज कर दिया गया था। जिस पत्थर को फ़ालतू समझकर नकारा गया उस बेकार को मैंने संवारा। क्योंकि ईसा की जो छवि उस मूर्तिकार के मन में थी वही उसने पत्थर में देखी। उसमें से बस आसपास का फ़ालतू पत्थर हटाया तो प्रतिमा बाहर निकल आई।

ऐसे ही जीवन में कई फ़ालतू बातों को हम आसपास कर लेते हैं। इस फ़ालतू, बेमतलब या निरर्थक को हटाना होगा। उसे हटाया तो जो

सार्थक है वह सामने आ जाएगा। इसी भाव से मूर्ति पूजा की जाए तो प्रतिमाएं दिशा-निर्देश, आत्मबल और आनंद का कारण बन जाएगी।

जीवन में फ़ालतू से बेमतलब होकर काम की चीज़ों को बचा या अपना लिया जाए। जिस प्रकार एक कलाकार द्वारा पत्थर से निरर्थक हिस्सों को हटाकर सुंदर मूर्ति बना दी जाती है वैसे ही हम हमारे जीवन को संवारें।

77

जन्म और मृत्यु के बीच महत्त्वपूर्ण है जीवन

हर महापुरुष ने अपने जीवन के समापन काल में कुछ अद्‌भुत बातें बोली हैं। इनमें से कुछ ने तो मौत का सीधा साक्षात्कार किया तथा हमें भी मृत्यु से परिचय करवाया। लेकिन भगवान श्रीकृष्ण इनसे भी आगे निकल गए। उन्होंने अपने देवलोकगमन के समय केवल जन्म और मृत्यु पर चर्चा नहीं की, बल्कि उनका ज़्यादा जोर इस बात पर था कि इन दोनों के बीच महत्त्वपूर्ण है जीवन। इसे भी साधा जाए। जन्म तब ही सार्थक होगा जब जीवन सही जिया जाएगा और यदि जीवन को ठीक से समझ लिया गया तो मृत्यु अपने आप सध जाएगी।

जन्म बीज की तरह है। बीज में यदि अंकुरण नहीं हुआ तो उसमें और कंकर में कोई फ़र्क़ नहीं। उसके अंकुरण से जीवन आरंभ होता है। पौधे से वृक्ष तक की यात्रा ही जीवन है। कई तरह की साज-संभाल लगती है, मौसम की अनुकूल-प्रतिकूल परिस्थितियों से गुज़रना पड़ता है तब जाकर पौधा वृक्ष बनकर फल देने लायक़ होता है और पके फल का नाम होशपूर्ण मृत्यु है।

कृष्ण ने कहा था जीवन को उत्सव मानो तो जन्म और मृत्यु भी उत्सव बन जाएंगे। समूचा जीवन उत्सवों की तीन श्रृंखला होना चाहिए। जीवन में समस्याओं की हजामत बनानी पड़ती है। जैसे केश कटते और उगते हैं, ऐसा ही जीवन में परिस्थितियों के साथ होता है। लेकिन यदि

अध्यात्म का दृष्टिकोण रहे तो शरीर की हजामत और जीवन की हजामत में फ़र्क़ आ जाएगा।

शरीर में हम जड़ से इलाज नहीं कर पाएंगे, आज कटे केश कल फिर उगेंगे लेकिन जीवन में अध्यात्म आने पर हम समस्याओं का केश कर्तन जड़ से कर सकेंगे। ऐसा करते ही जीवन के साथ जन्म और मृत्यु दोनों सध जाएंगे।

जन्म और मृत्यु के बीच महत्त्वपूर्ण होता है जीवन। जन्म तब ही सार्थक होता है जब जीवन सही जी लिया जाए। जिसने जीवन को ठीक से समझ लिया उसकी मृत्यु अपने आप सध जाएगी।

78

धार्मिकता का भाव हमारे भीतर देवत्व को जगाता है

आप धार्मिक व्यक्ति हैं, इस बात का गर्व कीजिए और इसे ठीक से समझिए भी। प्रगति और टेक्नोलॉजी के इस युग में धार्मिक होना या कहलाना पिछड़ापन और दक़ियानूसी भी माना जाता है। दरअसल यह झंझट शुरू होती है अलग-अलग धर्मों के संबोधन के कारण। हिंदू, मुस्लिम, सिख, ईसाई आदि धर्मों के ज़िक्र के साथ भेदभाव जुड़ जाता है। यह भेद नासमझी के कारण तुलना में और तुलना के कारण ईर्ष्या और हिंसा में बदल जाता है।

धर्म और संप्रदाय की लक्ष्मण रेखा को समझना होगा। जो लोग आत्मिक प्रगति चाहते हों उन्हें धार्मिक होना ही पड़ेगा। धार्मिकता एक अनुशासन है जो अंतरयात्रा कराती है। भीतर उतरते ही संबोधनों के ये फ़र्क़ ख़त्म हो जाते हैं। जो धर्म को ठीक से समझ लेंगे उनके व्यावहारिक जीवन में भी धर्म का लाभ मिलेगा। ईमानदारी, परिश्रम, निष्ठा, समर्पण जैसी क्रियाएं धर्म की श्रेणी में है और ऐसे धार्मिक लोग इन्हें अपनाकर अपने भौतिक लक्ष्य में ज़रूर कामयाब होते हैं।

धार्मिक होने का भाव ही हमारे भीतर देवत्व को जगाता है। धार्मिक होते ही हमारी रुचि जीवन के उत्कृष्ट पहलुओं को जानने की ओर जाने लगती है। आज के आधुनिक जीवन में अनेक ऐसी समस्याएं पैदा हो जाती हैं जिनका समाधान विज्ञान, चिकित्सा के पास नहीं है।

इस सीमा के पार धर्म काम आता है। अपने लिए स्वर्ग का निर्माण और शांति की उपलब्धि करना हो तो शान से कहें हम धार्मिक हैं और गहराई से समझें अपने धार्मिक होने को।

जो लोग आत्मिक प्रगति चाहते हों उन्हें धार्मिक होना ही पड़ेगा। धार्मिक होने का भाव ही हमारे भीतर देवत्व को जगाता है। जो धर्म को ठीक से समझ लेंगे उनके व्यावहारिक जीवन में भी धर्म का लाभ मिलेगा।

79

प्रार्थना हमें बोध कराती है - जो व्यर्थ है उसे त्यागना है

चौबीस घंटे में एक बार प्रार्थना अवश्य करें। ध्यान रखें इसे पंक्तियों की कसरत न बना लें। श्रद्धा और भावना के बिना प्रार्थना भीख मांगने जैसी क्रिया होकर रह जाएगी। आप जितना श्रद्धालु होंगे आपके भीतर सकारात्मकता उतनी अधिक बढ़ जाएगी। श्रद्धा नकारात्मकता को समाप्त करती है। आइए प्रार्थना के चरणों को समझें।

पहला चरण है कि प्रार्थना करते ही हम ईश्वररूपी दिव्य शक्ति से जुड़ने लगते हैं जो अपने आप में एक उपलब्धि है। दूसरी महत्त्वपूर्ण बात होती है हमारे भीतर एक रासायनिक परिवर्तन आरंभ हो जाता है क्योंकि शब्द भाव के साथ अंतरमन से निकल रहे होते हैं। यह रासायनिक परिवर्तन हमें विपरीत परिस्थितियों से जूझने में हमारी शक्ति को बढ़ाता है। सहनशक्ति और सरलता प्रार्थना के बाय-प्रॉडक्ट बन जाते हैं।

प्रार्थना एक और बोध कराती है। प्रार्थना करने वाले लोग समझ जाते हैं कि संसार नहीं छोड़ना है, जो व्यर्थ है उसे त्यागना है। प्रार्थना हमें उस परमशक्ति से जोड़ती है जिसने यह दुनिया बनाई। जब हम ईश्वर से जुड़ रहे हैं तो उसकी बनाई दुनिया से कैसे नफ़रत कर सकते हैं। दुनिया में जो व्यर्थ है उसका विस्मरण करें तो प्रार्थना में जो स्मरण

होगा वह अपने आप में दिव्यानुभूति होगी। जब भी प्रार्थना की जाए इसे केवल कर्मकांड न मानें। इसे अनुभव समझें, आत्मविश्वास का अनुभव। आज के दौर में हमें दूसरों के मामले में दुनियाभर का अनुभव होता है बस एक ख़ुद की अनुभूति को छोड़कर।

यदि प्रार्थना आपको आपके होने का एहसास न कराए तो समझें प्रार्थना नहीं मात्र कर्मकांड है। कभी-कभी आप पाएंगे प्रार्थना में आपकी चेतना शिखर पर होगी और यहीं से आप मन से ख़ुश तथा तन से स्वस्थ होना महसूस करेंगे। प्रार्थना का एक सरल तरीक़ा है - ज़रा मुस्कराइए...

जीवन में प्रार्थना बहुत ज़रूरी है लेकिन इसके पीछे श्रद्धा भाव होना चाहिए। श्रद्धा नकारात्मकता को समाप्त करती है। आप जितना श्रद्धालु होंगे भीतर की सकारात्मकता उतनी अधिक बढ़ जाएगी।

80

बुरे लोगों की बुराई भी बहुत कुछ सिखा जाती है

ज़िंदगी में विपरीत बातों का भी अपना स्वाद होता है। नमक और शकर को ही लें। दोनों बिलकुल उल्टे हैं पर दोनों का अपना स्वाद है। केवल अच्छे लोगों की अच्छाई से सीखा जाता है ऐसी बात नहीं है बुरे लोगों की बुराई भी बहुत कुछ सिखा जाती है। सारा मामला संतुलन और समझ का है। इस्लाम के कट्टर समर्थक भी इस बात से सहमत हैं कि जहां-जहां हम अति पर टिके, संतुलन को खोया, इस्लाम के मायने ही बदल गए और लोगों को नुक़सान उठाना पड़ा। मुस्लिम और ग़ैर मुस्लिम दोनों ने ही अति की क़ीमत चुकाई।

उस परम शक्ति, परवरदिगार को लेकर जितनी भी बातें इस्लाम में आई हैं उनमें एक ख़ास संदेश है ख़ुदा करुणा है, दयावान है उसकी रहमत और नियामत पर भरोसा रखो। इसलिए ख़ुदा को याद करते हुए कहा गया है, 'रहमानिर रहीम।' इसका सीधा सा अर्थ है वह रहम वाला है, उसमें असीम करुणा है, वह मेहरबानियों का भंडार है। जब लोग करुणा को भी अत्याचार, आतंक से स्थापित करने लग जाएं तो यहीं से जीवन की अति, विपरीतता शुरू होती है।

ऊपरी तौर पर हर धर्म के पास नमक, शकर की तरह अपना अलग-अलग स्वाद है। दिन-रात की तरह उपयोगी भेद है। ज्वारभाटा की तरह ज़रूरी लहरें हैं। इस खट्टे-मीठे स्वाद को ज़हर में न बदलें।

हम उसकी करुणा के नुमाइंदे बनें और रहीम को ज़ाहिर करना है तो ज़रा मुस्कराइए...।

जिस प्रकार अच्छे भोजन के लिए नमक व शकर का संतुलन ज़रूरी है, उसी तरह जीवन में भी अच्छे-बुरे की समझ होना चाहिए। ज़रूरी नहीं कि अच्छे लोगों की अच्छाई से ही कुछ सीखा जाए। बुरे लोगों की बुराई भी बहुत कुछ सिखा जाती है।

81

जीवन को संयमित रख उसके मूल रंग में रखें

जीवन का अपना एक रंग रहता है जो सफ़ेद होता है। जो सपने हम बुनते हैं वे ज़रूर रंग-बिरंगे होते हैं। हिंदुओं ने सूर्य को जल देने की क्रिया बड़ी अद्भुत बनाई है। जल देकर आह्वान और आभार दोनों व्यक्त किया जाता है। सूर्य से जीवन का रंग चमकीला, सफ़ेद मांगा जाता है। इसमें जीवन और तपिश दोनों समाहित है। लेकिन आजकल भौतिक युग में जीवन को इन्द्रधनुषी माना जाता है। जीवन को सतरंगी बनाने के चक्कर में सारे ही रंग बेरंग हो जाते हैं।

इन्द्रधनुषी जीवनशैली में आरामपसंदी, स्वादलिप्सा, प्रतिद्वंद्विता, वासना वृत्ति, भोग-प्रेम, अनियमित जीवन ये सब समाए हैं। इनके परिणाम में हम बीमारियां पाल लेते हैं। ये जीवनशैली के रोग हैं। क्या-क्या रोग हमने पाल लिए हैं, इसे तो हम बेहतर जानते ही हैं। चलिए पुनः सूर्य से जुड़ें। सूर्य हमें तप सिखाता है। सूर्य से जीवन को जोड़ने का अर्थ है तपस्वी, नियमित, संयमित जीवन।

विज्ञान बताता है कि सूर्य की किरणें विशेष परिस्थिति से गुज़रकर इंद्रधनुष बनाती हैं। हम स्वयं भी प्रिज़्म के द्वारा सूर्य किरणों को इंद्र धनुष रूप में देख सकते हैं परन्तु यह अस्थाई है, मूल स्वरूप नहीं। वास्तव में सूर्य की किरणें सफ़ेद, चमकीली हैं, जीवन भी बिलकुल ऐसा ही है। हम भोग विलास के प्रिज़्म या प्राकृतिक स्थितियां देकर इसे इन्द्रधनुषी बनाते हैं।

यदि हम कभी इन्द्रधनुष को छू सकें तो पाएंगे वह एकदम ख़ाली है। इसलिए जीवन को संयमित रखकर उसके मूल रंग में रखें। अवसाद, आवेश और असुरक्षा का भाव असंतुलित जीवन के परिणाम हैं। रंग विज्ञानी मानते हैं कि सफ़ेद रंग कई रंगों का परिणाम है। एक तरह से रंगों की पूर्णता का नाम सफ़ेद रंग है। संयमित जीवन को इसी रूप में लिया जाए।

जीवन को संयमित रख उसके मूल रंग में रहने दिया जाए। जीवन को सतरंगी बनाने के चक्कर में सारे रंग बेरंग हो जाते हैं। अवसाद, आवेश और असुरक्षा का भाव असंतुलित जीवन के ही परिणाम हैं।

82

जो आज शत्रु है वह कल मित्र भी हो सकता है

अच्छे लोग और अपने हितैषियों को हम पहचान नहीं पाते और अपने विरोधियों के प्रति पूरी तरह शत्रुता, नकारने का भाव रख लेते हैं। इसे चिंतन दोष कहा जाएगा। न कोई पूरी तरह अच्छाई से भरा है और न ही बुराइयों से भरपूर होगा। मनुष्य गुण-दुर्गुण का मिलाजुला रूप है। हमें इस संतुलन के विचार को सावधानी से उपयोग में लाना चाहिए। अपने विरोधियों के विचार जानते रहना चाहिए, ख़ासतौर पर जब वे आपके लिए व्यक्तिगत टिप्पणी कर रहे हों। यदि इसका निष्पक्ष विश्लेषण करें तो हमें बहुत सी काम की और हितकारी बातें हाथ लग सकती हैं।

इस प्रयोग को झेन फ़क़ीरों ने बख़ूबी किया है। जब भी कोई शिष्य उनसे दीक्षित होता तो गुरु कहते जाओ हमने पा लिया, हमारे हो गए। अब कुछ दिन हमारे विरोधी के पास जाकर रहो। हमारा दूसरा पक्ष वहां नज़र आएगा लेकिन जाना निष्पक्ष होकर। इस बात की पूरी संभावना रहेगी कि विरोधी कुछ मामले में सही भी हो। हमारा और विरोधी का पक्ष मिलकर एक तीसरा नया पक्ष बन जाए जो और भी श्रेष्ठ हो सकता है। यदि तुम्हारा इरादा नेक होगा तो हमारे और हमारे विरोधी दोनों की ग़लत बात को नकारकर तुम एक नई सही बात प्राप्त कर लोगे।

इसलिए विरोधी विचार या व्यक्ति से शत्रुता न पाली जाए। यदि नेक इरादे से चलेंगे तब जो आज शत्रु है वह कल मित्र भी हो सकता है। यदि अपने भीतर की आध्यात्मिक योग्यता को विकसित करना है

तो विरोधी के विचार को सम्मान देना सीख जाएं। स्वयं के व्यक्तित्व को अपने ही विचारों में बांधें नहीं बल्कि विरोधी के विचारों से खोलना भी सीखें।

दुनिया में सब तरह के लोग होते हैं। न कोई पूरी तरह अच्छाई से भरा है और न ही बुराइयों से लदा होगा। हमारी नीयत, हमारे इरादे अच्छे हों तो आज का शत्रु कल हमारा अच्छा मित्र भी हो सकता है।

83

लक्ष्य बड़े और यात्रा लंबी हो तो छोटी बातों पर न रुकें

कभी-कभी व्यक्तित्व में अचानक ऐसे परिवर्तन हो जाते हैं कि हर किसी से झगड़ने की इच्छा होने लगती है। धीरे-धीरे यह आदत हो जाती है। जब हम किसी से लड़ते हैं तो दो बातें होती हैं। हमारी ऊर्जा, शक्ति ग़लत जगह अकारण ख़र्च होती है और दूसरे लड़ने वाले के लिए उस पर रुकना पड़ता है। ऊर्जा का दुरुपयोग और गति में रुकावट दोनों ही जीवन यात्रा के लिए नुक़सानदायक है। जिनके पास बड़े लक्ष्य और लंबी यात्रा हो उन्हें छोटी बातों पर रुकना नहीं चाहिए।

एक और बात भी होती है। जब दूसरों से लड़ने की आदत पड़ जाती है और यदि सामने कोई दूसरा न मिले तो आदमी ख़ुद से ही लड़ने लगता है। ख़ुद से लड़ने का दूसरा नाम है चिड़चिड़ापन। इसे आध्यात्मिक दृष्टिकोण से भी देखा जाए। इस आदत के रहते हम अपने दुर्गुणों से लड़ने लगते हैं। दुर्गुणों से लड़ना वैसा ही होगा जैसे कोई मूर्तिकार मूर्ति बनाते समय, ठीक परिणाम न मिलने पर पत्थर से ही सिर फोड़ने लगे। अच्छा मूर्तिकार पत्थर का उपयोग करना जानता है। इसी प्रकार समझदार साधक अपने दुर्गुणों से झगड़ा नहीं करता, उससे सिर नहीं फोड़ता बल्कि उसका उपयोग करना जानता है।

अध्यात्म की भाषा में इसे रूपांतरण कहा गया है। क्रोध से झगड़ेंगे तो वह चिड़चिड़ा बना देगा। क्रोध का रूपांतरण क्षमा और दया में होता

है। यौनवृत्ति से झगड़ा मानसिक विकृति दे जाता है। इसके रूपांतरण का नाम ब्रह्मचर्य है। दुर्गुणों की सीढ़ी बनाकर, उन पर चढ़कर जीवन की ऊंचाइयों को छुआ जाए न कि उनसे उलझकर टकराकर घायल हुआ जाए या औंधे गिरा जाए।

ऊर्जा का दुरुपयोग और गति में रुकावट दोनों ही जीवन यात्रा के लिए नुक़सानदायक है। लक्ष्य बड़े और यात्रा लंबी हो तो छोटी-छोटी बातों पर रुकना नहीं चाहिए। क्रोध का सीधा मतलब है ऊर्जा का दुरुपयोग। इससे बचा जाए।

84

हर धर्म से वह बात उठा ली जाए जो एक समान है

ऊपर वाले (ईश्वर) के मामले में सभी धर्म एक जैसी बात कहते हैं। बिखराव नीचे वालों से शुरू होता है। पहला भेद शुरू होता है धर्माचार्यों से, उसके बाद धर्म को मानने वाले अपना भाव जोड़ लेते हैं। बुद्धिमानी इसमें है कि हर धर्म से वह बात उठाई जाए जो बेहतर है और एक समान है। ज़्यादा भेद पर टिके तो धर्म को धर्म का दुश्मन बनाने में ज़्यादा समय नहीं लगेगा। इस्लाम की घोषणा है - वह परवरदिगार एक है, अल्लाह एक है कहते ही उसके मानने वालों को भी एक हो जाना चाहिए। लेकिन अलगाव, बिखराव, विखंडन, आपसी हिंसा बनी ही रही।

हिन्दू कहते हैं हमने अनेक रूपों को माना और पूजा, बिखराव यहां भी रहा लेकिन इसके सनातन स्वरूप को सुरक्षित कोई नहीं कर पाया। विनाश जैसी स्थितियां आने के बाद भी यह ससम्मान जीवित रहा। धर्म की ख़ूबियां ही उसकी आयु और प्रतिष्ठा को बनाए रखती हैं। हिंदू और मुस्लिम अपने-अपने धर्म में कई भेद ढूंढ़ लें जो ज़्यादा कठिन नहीं है, लेकिन एक बात से दोनों सहमत हैं कि ईश्वर करुणामयी है। हिंदुओं के कई धर्मशास्त्र भगवान की करुणा के कारण ही लिखे गए। कुरान में कई आयतें तो करुणा की प्रतिनिधि बनकर ही उतरी हैं।

इस्लाम में कहा गया है, 'ऐ पैगंबर तुम्हें ख़ुदा का बेटा कहा गया है, तुमसे हाल ख़ुदा का पूछते हैं, अल्लाह एक है और बेनियाज है।' बेनियाज यानी वह करुणा करने में गरज नहीं करता, भेदभाव नहीं करता। करुणा उसका मूल स्वभाव है। वह ख़ुदा तो करुणा बरसा ही रहा है, यदि हम उसमें नहीं भीगे तो यह हमारी चूक होगी। ऐसे करुणामयी के नाम पर किसी भी धर्म में हिंसा हो तो तकलीफ़ उस ऊपर वाले को होगी तथा भुगतेंगे नीचे वाले।

धर्मों में भेद करना समझदारी नहीं है। ऊपर वाले के मामले में सभी धर्म समान हैं। हर धर्म इस बात से सहमत है कि ईश्वर करुणामय है, करुणा उसका मूल स्वभाव है। फिर उस करुणामय के नाम पर हिंसा क्यों?

85

धन भोग की नहीं, भक्ति की वृत्ति से कमाया जाए

अगर मछलियां मुंह न खोलतीं तो वे कभी पकड़ में नहीं आतीं। वो आटा लपकने जाती हैं और कांटा मिल जाता है। यदि मछली जान जाए कि आटे के पीछे कांटा है तो या तो लपके ही नहीं अथवा सावधानी से आटा उतार ले। मछलीमार जानता है आटे की आड़ में कैसे कांटा अपना काम कर जाता है। यह हमारे साथ भी होता है। वैभव के आटे में विलास का कांटा है। अपनी देह-बुद्धि के कौशल से कार्य सिद्ध कर जो उपलब्धि हासिल की जाती है उसे ही वैभव संपत्ति कहा गया है।

संसार में संपत्ति अर्जित करना धर्मसम्मत है। धन में कोई बुराई नहीं है। गड़बड़ है उसके उपयोग या दुरुपयोग में। ख़ूब धन कमाना है तो अधिक परिश्रम, दक्षता का उपयोग करना होगा। हरामखोरी से, अनुचित मार्ग से, अंधी दौड़ के साथ और धन कमाने का नशा चढ़ाकर जब संपन्नता को ख़रीदने की कोशिश की जाएगी तो यह एक दिन आटे के बाद कांटे जैसी स्थिति होगी।

धन कमाते समय उत्साह, दक्षता और चैतन्यता एक साथ बनाए रखें। परिश्रम में लोभ की वृत्ति आते ही कांटा अपना काम शुरू कर देता है। इसीलिए जिनके पास ख़ूब दौलत है वे भी कहीं परेशान हैं। उनके जीवन में अशांति की चुभन है। सुख का बिस्तर है पर नींद का चैन ग़ायब है।

धर्म कहता है धन भोग की नहीं, भक्ति की वृत्ति से कमाया जाए। भक्ति भावना आते ही *सुखी मीन जे नीर अगाधा* की स्थिति आ जाती है। वो मछलियां सुखी हैं जो प्रभुकृपा के गहरे जल में हैं। भक्त धनवान होगा तो सुखी और शांत भी रहेगा। फिर भगवान ही उसकी आटे और कांटे दोनों से रक्षा करेंगे।

संपत्ति अर्जित करना धर्मसम्मत है। धन कमाने में कोई बुराई नहीं। बुराई है उसके उपयोग या दुरुपयोग में। हरामखोरी, अनुचित मार्ग से, अंधी दौड़ के साथ धन कमाने से अच्छा है अपने परिश्रम और दक्षता से कमाया जाए।

86

ऊपर वाले से जुड़ने का एक तरीक़ा है गुरु से नज़दीकी

धर्म की बातों का सही ज्ञान नहीं हो या ज़रा सी चूक हो जाए तो अर्थ बदल जाएंगे। इस्लाम मानता है कुदरत ने हर चीज़ पाक साफ़ बनाई है। हिंदुओं ने इसे ही मंगलमय भगवान की मंगलमय कृति कहा है। इसमें गंदगी और बुराई के भाव हम भरते हैं। ये भाव आते कहां से हैं और जाएंगे कैसे। ख़ुद को दुनिया से जोड़ने पर ऐसे ग़लत तत्त्व आसानी से आ जाते हैं और स्वयं को ईश्वर से जोड़ने पर ये चले जाते हैं।

फ़क़ीर जुन्नैद के शिष्य मंसूर कभी-कभी कुछ ऐसी बातें बोला करते थे कि उनका विरोध भी होता था। जुन्नैद अपने शिष्य को परेशानी से बचाना चाहते थे कि वह विरोध और झंझट से दूर रहे। इस कारण हुक्म दिया कि तू काबा चला जा।

मक़सद यह था कि वक्त गुज़र जाएगा और विवाद ख़ामोश हो जाएगा, लेकिन मंसूर उठे, अपने उस्ताद, गुरु जुन्नैद की तीन परिक्रमा की और वापस बैठ गए। जुन्नैद ने पूछा, 'यह क्या हरकत है ?' मंसूर का जवाब था, 'आप भी मेरे लिए काबा जैसे हैं। आपको देखा तो सब देख लिया, आपको पा लिया समझो सब कुछ पा लिया।' ऊपर वाले से जुड़ने के लिए जितने तरीक़े हैं उनमें से एक तरीक़ा है फ़क़ीरों से नज़दीकी बना लेना।

कुदरत ने हर चीज पाक-साफ़ बनाई है। इसमें गंदगी और बुराई के भाव हम ही पैदा करते हैं। गुरु, संत या फ़क़ीर भी बड़ी पाक-साफ़ और काम की चीज़ हैं। इनसे नज़दीकी ईश्वर से जुड़ने का एक सही तरीक़ा है।

87

जीवन में हनुमानजी के होने का मतलब है सुमति की उपस्थिति

बलशाली और पराक्रम की सांसारिक परिभाषा कुछ और है तथा आध्यात्मिक अर्थ अलग हैं। कई लोग बलवान होते हैं लेकिन पराक्रमी नहीं। सांसारिक वस्तुओं की प्राप्ति में बल और पराक्रम युद्ध जैसा काम है लेकिन अध्यात्म कहता है ये दोनों तब ही मान्य हैं जब इनसे कुमति को दूर किया जाए और सुमति को प्राप्त किया जाए।

हनुमानचालीसा की तीसरी चौपाई में हनुमानजी के लिए लिखा गया है : *महावीर विक्रम बजरंगी, कुमति निवार सुमति के संगी।* बजरंगबली, आप पराक्रमी हैं और कुमति को सुमति यानी सुबुद्धि में बदल देते हैं। ये महावीर हैं। वीर रस के चार भेद हैं – दान, दया, युद्ध और धर्म। इन चारों में हनुमानजी दक्ष हैं। इन्हें बजरंगी कहने का अर्थ है ये स्टील बॉडी (फ़ौलादी शरीर) हैं। अवसर आने पर ये तीन तरह से अपना अंग बल बताते हैं। पादाघात (लात से प्रहार), लंगूलाघात (पूंछ से प्रहार) तथा मुष्टिकाघात (मुट्ठी से आक्रमण)। इसका महत्त्वपूर्ण अर्थ है कि यह सारा बल काम आना चाहिए। कुमति को दूर करने के लिए तथा सुमति को जीवन में लाने के लिए।

परमात्मा के निकट ले जाने वाली बुद्धि सुमति कहलाती है और जो दूर करे वह कुमति होगी। हनुमानजी हमारी बुद्धि को भगवान से जोड़कर भक्ति बना देते हैं। जब बुद्धि संसार से जुड़ जाती है तो आसक्ति

हो जाती है फिर आज के माहौल में तो सुमति की अधिक आवश्यकता है।ख़ूब ज्ञान, कर्म, भक्ति करने के बाद भी दुर्गुणों के थपेड़ों की चपेट में कब आ जाते हैं पता नहीं चलता। आंजनेय का जीवन में होने का मतलब है सुमति की उपस्थिति।

बल और पराक्रम दोनों अलग-अलग चीज़ें हैं। सांसारिक उपलब्धियों के लिए दोनों ज़रूरी हैं लेकिन इनका सही उपयोग तब ही है जब इनसे ग़लत पर विजय पाकर सही को प्राप्त किया जाए।

88

गीता बड़ी लगे तो केवल स्थित प्रज्ञ का स्वाद ले लें

गहरी बातें समझने के लिए स्पष्ट चिंतन या अधिक ज्ञान ही होना ज़रूरी नहीं है। श्रद्धा भी अपना काम करती है। *गीता* इसका अच्छा उदाहरण है। *श्रीमद् भगवद्गीता* पढ़ते हुए आज भी अच्छे-अच्छे विद्वान भ्रम में आ जाते हैं, भटक जाते हैं। कभी-कभी तो लगता है *गीता* में कृष्ण अपनी ही बात का समर्थन करने में ज़बर्दस्त तर्क दे रहे होते हैं या अपनी ही कही बात को ही काट रहे होते हैं। नई पीढ़ी *गीता* पढ़ना चाहती है लेकिन इसमें दो क़दम चलकर ही थक जाती है। अठारह अध्याय की *गीता* पहाड़ लगने लगती है।

व्यावसायिक दौड़धूप के बीच जो *गीता* पढ़ना चाहते हों और समझ का ऐसा झंझट सामने आ रहा हो, उन्हें पूरी *गीता* पढ़ने के पहले केवल एक पात्र पढ़ लेना चाहिए। विद्वानों का भी मत है कि इस पात्र को *गीता* का केन्द्रीय पात्र मान लिया जाए तो अतिशयोक्ति नहीं होगी। इस चरित्र को कहा गया है स्थित प्रज्ञ। यह *गीता* का बिलकुल मौलिक शब्द है। दूसरे अध्याय के अंतिम अठारह श्लोकों में श्रीकृष्ण ने अर्जुन के प्रश्न के उत्तर में इसका वर्णन किया है। जिन्हें पूरी *गीता* उतारने में दिक्कत हो वे केवल स्थित प्रज्ञ का स्वाद ले सकते हैं।

स्थित प्रज्ञ यानी जिसकी प्रज्ञा स्थिर हो, अंग्रेज़ी में इसे कहा गया है स्टेबल माइंड। बुद्धि के मामले में जब आप स्थिर होंगे तब आप

अपने ही जीवन के दृश्य साफ़-साफ़ देख सकेंगे। इसे ही साक्षी भाव कहा गया है। जब आप ख़ुद को देखने लगते हैं तो स्वयं से कट जाते हैं, अपने से तादात्म्य समाप्त हो जाता है। यहीं से मन की रिक्तता आरंभ होती है। रिक्त मन शांत होता है। इसे निज-दर्शन भी कहा गया है। *गीता* में कृष्ण अर्जुन से यही कह रहे हैं, 'तू दूर खड़े होकर ख़ुद ही करता देख।' फिर युद्ध और हिंसा दोनों के ही अर्थ बदल जाएंगे।

अपने ही जीवन के दृश्य साफ़-साफ़ तभी देख सकेंगे जब बुद्धि के मामले में स्थिर होंगे। जब हम ख़ुद को देखने लगते हैं तो स्वयं से कट जाते हैं। यहीं से मन की रिक्तता यानी जीवन की शांति आरंभ होती है।

89

अच्छे मित्र देती है व्यक्तित्व की पारदर्शिता

ताश के खेल में जो पत्ते छुपाना जानता है उसे अच्छा खिलाड़ी समझा जाता है। ज़िंदगी के मामले में उल्टा है। छुपाना दोष बनेगा। खुलापन शांति का कारण होगा। इसे ही अध्यात्म ने व्यक्तित्व की पारदर्शिता कहा है। हमारा जीवन ऐसा हो जैसे लाइब्रेरी की टेबल पर पड़ा अख़बार, जिसे जो चाहे पढ़ ले। दुराव, छुपाव से सहजता और सरलता समाप्त हो जाती है। जो खुले दिल दिमाग़ के लोग होते हैं वे अपनी प्रगति में सबको शामिल करते हैं।

आजकल लोग प्रेम का सही अर्थ समझ ही नहीं पाते। घूम-फिरकर वासना की लकीरों के नीचे प्रेम की परिभाषा के शब्द लिख दिए जाते हैं। प्रेम न समझ में आए तो कोई बात नहीं लेकिन ईमानदारी से दोस्ती तो की जा सकती है। व्यक्तित्व की पारदर्शिता अच्छे मित्र दे देती है। अच्छी दोस्ती प्रेम में बदल जाने की संभावना रखती है। प्रेम और शांति का सीधा रिश्ता है।

इस बात को भी समझ लें कि जीवन में पारदर्शिता आती कहां से है। खुलापन बनाए रखने की हिम्मत सत्य से आती है। हमारी आदत सी बन गई है जीवन की छोटी-छोटी बातों को भी अकारण असत्य में लपेट देना। सत्य के धरातल पर खड़ा करके जीवन को प्रामाणिक बनाया जा सकता है। प्रामाणिकता यानी जीवन की हर बात साफ़-सुथरी और सही हो।

सत्य की एक और विशेषता है। जीवन में सत्य आया कि निर्भयता आई। जितना असत्य हमारे पास होगा हम उतने ही डरे हुए होंगे। जब चारों ओर लोग आंके-बांके होने की तैयारी में हों तब हम अपने जीवन को सत्य और खुलेपन के साथ उतारें तो सफलता मिलेगी और वह भी शांति के साथ।

जीवन में अनावश्यक दुराव-छिपाव नहीं होना चाहिए। इससे हमारी सहजता और सरलता समाप्त होती है। खुला जीवन यानी व्यक्तित्व की पारदर्शिता। जीवन लाइब्रेरी की टेबल पर पड़े अख़बार की तरह होना चाहिए जिसे जो चाहे पढ़ ले।

90

आस्था उत्कृष्ट होती है तो व्यक्तित्व में चमत्कार घटते हैं

जीवन जुड़ाव का नाम है। हम कई चीज़ों से जीवन को जोड़कर चलते हैं। बाहरी सांसारिक जुड़ाव तो नज़र आता है, भीतरी जुड़ाव की भी बात कर ली जाए। सामान्य रूप से भीतर उतरने पर हमारी मुलाक़ात सबसे पहले अपने मन से होती है। चलिए थोड़ा मन से भी आगे चलें। विचारों का भोजन देना बंद कर मन को शांत किया जा सकता है, लेकिन एक अंत:करण भी होता है जो मन-मस्तिष्क का संचालन करता है। मन को निष्क्रिय, निर्बल और अंत:करण को सचेत, प्रबल बनाना पड़ता है।

जिन्होंने अंत:करण को मज़बूत किया वे लोग जीवन में दुर्लभ काम कर गए और अनूठे, अव्वल बने। जैसे मन का जुड़ाव विचार से होता है वैसे ही अंत:करण का जुड़ाव आस्था से होता है। मन से विचार काटना होते हैं और इधर अंत:करण से आस्था को और मज़बूती से जोड़ना पड़ता है। जब आस्था उत्कृष्ट होती है तब व्यक्तित्व में चमत्कार घटते हैं। दार्शनिकों ने अंत:करण को अचेतन की सबसे गहरी परत बताया है। इसके चार भाग हैं। मन, बुद्धि, चित्त और अहंकार।

जहां मस्तिष्क की कल्पनाएं साकार होती हैं वह मन है। बुद्धि एक ऐसी क्षमता का नाम है जो वस्तु, परिस्थिति, तथ्यों को देखकर निर्णय लेती है। पुरानी आदतें जहां मलबा बन जाएं, नई आदतें जहां समूह रूप ले लें वह जगह चित्त मानी गई है। अंत में इन तीनों से ऊपर है अहं।

यह वह तत्त्व है जिसे ईगो भी कहा गया है। अंत:करण को अंतरात्मा भी कहा गया है। यहां आस्था जुड़ती है।

अंत:करण में आस्था का गहन अध्ययन करने को योग, इसकी बाधाओं को दूर करने को तप बताया गया है। इसे समझकर आस्था को मज़बूत रखें और जो कल्पना मन से जुड़ी है, उसके प्रति सावधान रहें। ये कल्पनाएं हमारा उपयोग करती हैं तो हमारा नुक़सान है और यदि हम इसका उपयोग कर लें तो लाभ है।

हमारे भीतर एक अंत:करण भी होता है जो मन-मस्तिष्क का संचालन करता है। जिनका अंत:करण मज़बूत होगा वे लोग जीवन में दुर्लभ काम करते हुए सफलता प्राप्त कर लेते हैं।

91

सुसज्जित रहने का स्वभाव भी एक गुण है

मानव के समूचे विकास और उपयोगिता में देह की प्रमुख भूमिका रखती है। व्यावहारिक दृष्टिकोण से हम देखें कि इन दिनों बड़ी-बड़ी कंपनियों में फ़ाइनेंशियल इन्वेस्टमेंट, फ़िजीकल इन्वेस्टमेंट के साथ-साथ बल्कि इनसे भी ज्यादा ह्यूमन इन्वेस्टमेंट पर ज़ोर दिया जा रहा है। इस मामले में हनुमानजी एक श्रेष्ठ उदाहरण हैं। मानव के रूप में उन्होंने स्वयं का ख़ूब सदुपयोग होने दिया तथा दूसरों को प्रेरित करके उन्हें भी मौक़ा दिया। *हनुमानचालीसा* की चौथी चौपाई में लिखा है - *'कंचन बरन बिराज सुबेसा, कानन कुंडल कुंचित केसा।'* अर्थात आप सुनहरे रंग वाले सुंदर वस्त्र धारण किए हुए और घुंघराले बालों वाले हैं। कानों में कुंडल पहने हैं।

हनुमानजी के श्रृंगार के वर्णन के पीछे जीवन का एक बहुत बड़ा दर्शन छुपा है। यह सही है कि शरीर में आसक्ति न हो पर उसके महत्त्व को भी नहीं नकारा जाए। शरीर पर टिकें नहीं पर उसके सहारे को छोड़ें भी नहीं।

संपूर्ण मानव किसी भी कारपोरेट जगत की सबसे बड़ी पूंजी है और मानव की संपूर्णता में देह ख़ासी भूमिका रखती है। इन पंक्तियों में सुसज्जित देह को स्वीकृति दी गई है वह भी एक ब्रह्मचारी के वर्णन से।

हनुमानजी हमेशा पूरी तैयारी में रहते हैं। उनकी दृष्टि में ब्रह्मचारी होने का यह अर्थ नहीं कि औघड़ जैसे रहें। वे शरीर के सौंदर्य के प्रति

जागरूक हैं। सुसज्जित रहने का स्वभाव भी एक गुण है। वे यह नहीं कहते कि जो ब्रह्मचर्य का पालन करे वह सौंदर्यबोध को ठुकरा दे। सुंदरता की अनुभूति भी परमात्मा तक पहुंचने में साधक बन जाती है।

शरीर में आसक्ति न हो पर उसके महत्त्व को भी नहीं नकारा जाए। शरीर पर टिकें नहीं पर उसके सहारे को छोड़ें भी नहीं। शरीर को सुसज्जित रखने का स्वभाव भी एक गुण है।

92

विजन स्पष्ट नहीं होगा तो योजनाएं भी सफल नहीं होंगी

ज़िंदगी रसभरी है, हम अपने कर्मों से इसे नीरस बना दें यह अलग बात है। तेज़ी से चल रहा आज का जीवन हर पल बदलता है। ऐसे में रस बनाए रखना थोड़ा कठिन हो जाता है। हमें लगातार यह ध्यान रखना होगा कि जिस आदमी से हम आज मिल रहे हैं वह कल या ताज्जुब नहीं कि कुछ समय बाद ही बदला हुआ नज़र आए। व्यक्ति की आकृति भले ही लंबे समय रहे लेकिन प्रकृति बदलने में देर नहीं लगती। ऐसे में जिन्हें साधना करनी हो वे कम से कम अपनी वृत्ति पर तो नियंत्रण रखें। दुनिया देखकर ख़ुद में बहुत जल्दी विपरीत बदलाव न लाएं।

अपने गुण, कर्म और स्वभाव को दिव्य तथा पवित्र रखें। इनमें जल्दी-जल्दी परिवर्तन करने का एक परिणाम होता है आदमी की दूरदर्शिता समाप्त हो जाती है। यदि आपके पास स्पष्ट विजन नहीं है तो आपकी योजनाएं सफल नहीं हो पाएंगी। हम भविष्य के प्रति स्वार्थ न रखें, परमार्थ को मनोरंजन न समझें, अध्यात्म जगत में आत्म विज्ञापन से बचें, मन की मलिनता को स्थाई रूप से शुद्ध करें न कि उसकी पॉलिशिंग कर लें। इसे कहते हैं गुण, कर्म और स्वभाव में स्थायित्व रखना।

आज समय हो गया है आत्मकेन्द्रित होने का। इसके भी दो अर्थ हैं - एक स्वार्थ की दृष्टि से और दूसरा योग की दृष्टि से। योग में

आत्मकेन्द्रित होने का अर्थ है गहरे होकर आत्मा पर टिक जाना और संसार में आत्मकेन्द्रित होने का अर्थ है स्वार्थी हो जाना। आज के समय में तो सारे संबंध उन्हीं लोगों से रखे जाते हैं जिनसे बदले में कुछ मिलने की उम्मीद रहती है।

परोपकार का अर्थ है प्रशंसा लूटना। इसलिए कोशिश करें वृक्ष की तरह हो जाएं। वृक्ष की विशेषता उसकी शाखाएं होती हैं। हम भी अपनी अच्छाइयों को परोपकार के साथ ख़ूब फैलाएं, फल भी दें और छांव भी दें।

परोपकार जीवन का ध्येय होना चाहिए। जिस प्रकार वृक्ष अपनी शाखाओं के माध्यम से दूसरों को छांव व फल देते हैं उसी तरह हम भी अपनी अच्छाइयों को ख़ूब फैलाते हुए अन्य की सुख-शांति का माध्यम बनें।

93

चौबीस घंटों में कुछ पल मौन अवश्य रखें

जिसकी दिनचर्या में मौन का स्थान है वह सफलता को जी लेगा। अभी हम सफलता पा लेते हैं पर जी नहीं पाते। लाख जतन से हासिल की गई सफलता ही हमें दुख दे जाती है। कई बार तो देखा गया है कि असफल रहने से ज़्यादा तनाव तो लोग लगातार सफल रहने का पाल लेते हैं। चौबीस घंटे में कुछ समय मौन रखें। उस वक्त दूसरों से ही नहीं, स्वयं से भी बात करना बंद कर दें।

जैसे ही आप आंख बंद करेंगे, अब तक जो उठापटक बाहर चल रही थी उससे भी ज़्यादा उपद्रव भीतर होने लगेगा। घबराएं नहीं, और न ही निराश हों। जो हालत हमारी हो जाती है वही अर्जुन की हो गई थी। इसका बड़ा सुंदर उत्तर श्रीकृष्ण ने दिया था। मन मौन नहीं धरने देगा। जैसे ही हम कोशिश करना शुरू करेंगे, हमारी ही इन्द्रियां आ धमकेंगी और मन को ले भागेंगी। मन अकेले सैर नहीं करता, वह हमें भी उठा ले जाता है। इसके लिए श्रीकृष्ण ने दो उपाय बताए हैं – अभ्यास और वैराग्य।

अभ्यास से मतलब है एक अनुशासन। जैसे ट्रैफ़िक नियम में एकांगी मार्ग का बोर्ड होता है, वैसे ही जीवन में एक वन वे ट्रैफ़िक का क़ायदा बनाना ही अभ्यास है। इसका मतलब है ख़ुद की ओर लौटो। मन जब भी बाहर भगाए, अभ्यास के अनुशासन में वापस लौटो। श्रीकृष्ण ने इसे अभ्यास कहा, ईसा मसीह ने लौटना, भगवान महावीर ने प्रतिक्रमण

और बुद्ध ने बोध बताया। साधारण भाषा में यह लौटना ही ध्यान का लगना है, मौन का होना है।

जैसे ही हम अपनी ओर लौटते हैं फिर विचार छूट जाते हैं। हम भीड़ से बचकर अकेले हो जाते हैं जिसे एकांत माना गया है और यही असली वैराग्य है। इसलिए दिन में कुछ पल मौन के अभ्यास और वैराग्य की वृत्ति के लिए ज़रूर निकालें। ये थोड़ा-सा समय, बाक़ी के पूरे समय को आनंदित बना देगा।

सफलता पा लेना ही काफ़ी नहीं है, ज़रूरी है उसे जी लेना। इसके लिए दो बातें हमारे भीतर उतारनी होंगी। मौन और वैराग्य। दिन में कुछ पल मौन के अभ्यास और वैराग्य की वृत्ति के लिए ज़रूर निकालें।

94

प्रार्थना से प्रेम और फिर प्रेम से प्रार्थना की जाए

ईश्वर है या नहीं यह एक पुरानी और लंबी बहस है। जो लोग मानते हैं कि ईश्वर है वे पूरा प्रयास करते हैं कि जो नहीं मान रहे हैं वे भी मान लें। इस चक्कर में दोनों उलझ जाते हैं। पहला प्रयास यह करना चाहिए कि हमारा हृदय प्रेम से भर जाए। तब यदि हम किसी को समझाएंगे तो उसे ईश्वर को मानने में दिक्कत नहीं आएगी। प्रेम की अपनी एक सुगंध होती है और उसमें समझना-समझाना आसान होता है। जीवन में प्रेम उतारने के लिए एक सरल तरीक़ा है प्रार्थना करना।

प्रार्थना का अर्थ होता है अपने भीतरी व्यक्तित्व को ईश्वर के सामने झुका देना। इस्लाम में नमाज में झुकना बड़ा अच्छा संकेत है। मुस्लिम फ़क़ीरों ने सिजदा पर बहुत अच्छा बोला है। हिंदू संत एक क़दम आगे जाकर इसका नाम साष्टांग दे देते हैं। कुल मिलाकर बात कही जा रही है प्रार्थना में पूरी तरह से झुक जाएं। अभी हमारी प्रार्थनाएं सौदेबाजी हो रही हैं। ईश्वर ऐश्वर्य से जुड़ा है। हम भगवान की उच्चता देखकर झुकें तो यह भी एक सौदा होगा।

वह परवरदिगार क्या है इसे भूल जाएं। बस झुकने की तैयारी रखें। अगर परमात्मा को बड़ा मानकर उससे कुछ मिल जाएगा यह सोचकर महत्त्वाकांक्षाओं से जोड़कर झुक रहे हैं तो यह स्वार्थ है, धंधा होगा। दुनिया में इसी भावना के साथ हम बड़े लोगों के आगे झुकते हैं और ऐसे ही इरादे भगवान के लिए रखने लगते हैं।

हम ख़ुद विचार करें कि समाज में कोई छोटा व्यक्ति हो, भिखमंगा हो या हमसे अनजान हो तो हम नहीं झुकते। इनके सामने हमारे भीतर प्रेम के कोई पते नहीं होते और आदमी बड़ा हो, अपना हो तो किसी भी हद तक झुक सकते हैं। ऐसी भावना से प्रार्थना न की जाए। प्रार्थना से प्रेम और फिर प्रेम से प्रार्थना करें।

प्रयास हो कि जीवन दूसरों के प्रति प्रेम से भर जाए। प्रेम की अपनी एक सुगंध होती है जिसमें कुछ समझना-समझाना आसान होता है। जीवन में प्रेम उतारने का एक सरल तरीक़ा है ईश्वर से प्रार्थना। यानी उसके आगे झुक जाना।

95

जब भी ख़ामोशी हो, अपनी चेतना को सांस पर टिका दें

संसार के तनाव और उलझनें हमारे भीतर कैसे प्रवेश करती हैं इसको लेकर जो जागरूक रह लेगा उसे शांति मिलने में आसानी होगी। इन चीज़ों के भीतर प्रवेश का माध्यम हैं विचार और विचार आते हैं सांस से। पहले एक प्रयोग यह किया जाए कि 24 घंटे में कुछ समय विचारों को परिष्कृत किया जाए। इसके लिए अच्छी पुस्तक पढ़ना या अच्छे शब्दों को किसी भी माध्यम से सुनना होगा।

जितना हम शुभ विचारों से जुड़ेंगे उतना भारीपन कम होगा। लेकिन विचार फिर भी विचार है। कभी-कभी शुभ विचार भी चिंता में डाल देते हैं, उलझा देते हैं और यदि यह स्थिति लंबे समय चले तो घूम-फिरकर तनाव आ ही जाता है। इसलिए शुभ विचारों से भी कुछ समय के लिए मुक्ति पानी पड़ेगी। लिहाजा सावधानी सांस के प्रति रखी जाए।

जब भी ख़ामोश बैठें अपनी आती-जाती सांस पर अपनी चेतना को टिका दें और यह सोचें कि हम इस संसार के व्यक्ति नहीं हैं उस परमात्मा के हिस्से हैं, थोड़ी देर उसकी ओर चलें। संतों ने इसे नित्यता का भाव कहा है। कुछ समय बाद जब उस जुड़े हुए परमात्मा से मुड़कर वापस संसार में लौटते हैं तो पाएंगे अपने बच्चों, मित्रों, माता-पिता और जीवनसाथी के प्रति अधिक सजग, प्रेमपूर्ण तथा कर्तव्यनिष्ठ महसूस करेंगे, क्योंकि उस ईश्वर-निकटता में हमारा अहम गल चुका होता है।

वास्तविक अहम को भूलकर हम मिथ्या अहम में डूबे रहते हैं। सांस और विचार का नियंत्रण हमारे अहम को गलाने में मदद करता है। एक बात और समझ लें मन में गजब की आंतरिक शक्तियां भी होती हैं। आप ध्यान के दौरान उन शक्तियों की अनुभूति भी कर लेते हैं और बाद में संसार में यही ऊर्जा सफलता के काम आती है।

संसार के तनाव और उलझनें हमारे भीतर प्रवेश नहीं करें इसको लेकर जागरूक रहना होगा। विचारों को परिष्कृत किया जाए। अच्छा साहित्य पढ़ें, किसी भी माध्यम से अच्छे शब्दों को सुनें, सत्संग करें। विचारों का नियंत्रण हमारे अहम को गलाने में मदद करता है।

96

ध्यान के लिए पवित्रता की सीढ़ी पर रुकना होगा

हर धर्म का बाहरी स्वरूप देशकाल, परिस्थिति के अनुसार बदलता ही रहता है। यदि कुछ नहीं बदलता है तो वह है उसके भीतर का अध्यात्म। अध्यात्म सदैव समसामयिक रहता है। यूं कहें कि जो समय आज हमारे पास है उसे उपहार की तरह खोलने की कला हमें आना चाहिए। मेडिटेशन का एक मायने यह भी है कि इस क्षण को जीना, जो अभी है। भगवान महावीर ने इसे सामयिक कहा है और बुद्ध ने इसे ही बोध का नाम दे दिया। लेकिन ध्यान अचानक नहीं घटेगा, उसके पहले कुछ सीढ़ियां हैं जिनमें एक है भीतर की पवित्रता।

मुस्लिम फ़क़ीर हदीस का ज़िक्र करते हुए कहते भी हैं कि जो व्यक्ति हज करे और उसमें कोई अश्लील और पाप की बात न करे, अल्लाह की आज्ञा का उल्लंघन न करे तो पापों से ऐसा पवित्र और स्वच्छ होकर लौटेगा जैसा कि वह जन्म के समय बिलकुल निरपराध था। यहां भी पवित्रता पर जोर दिया गया है। पवित्रता ध्यान को आसान बनाती है। ध्यान तक थोड़ा सीढ़ी-दर-सीढ़ी चलें। एकदम छलांग लगाने की कोशिश न करें।

एक बार बुद्ध अपने शिष्यों के साथ जा रहे थे तो एक गांव का पता पूछा। अलग-अलग गांव वालों ने दूरी को छोटा-छोटा करके बताया। बस थोड़ी ही दूर है ऐसा सुनते-सुनते बहुत दूर तक जाना पड़ा। शिष्यों

ने बुद्ध से कहा, 'गांव वाले झूठे और बेईमान हैं।' बुद्ध बोले, 'तुम ग़लत समझ रहे हो। अगर वे सीधे और पहले ही कह देते कि बहुत दूर है तो हम थक जाते। थोड़ी-थोड़ी दूर के खंड-खंड ने हमारी हिम्मत बनाए रखी।'

बस ऐसे ही ध्यान के लिए पवित्रता की सीढ़ी पर थोड़ी देर रुकना होगा। रुक-रुककर चलने से हम समय को खोलने की कला आसानी से सीख जाते हैं। हर धर्म भीतर से लगभग एक ही बात कह रहा है।

सफलता के लिए श्रम के साथ ही भीतर की पवित्रता भी ज़रूरी है। पवित्रता का अर्थ है मन में भक्ति भाव हो तथा ऐसा कोई काम न करें जो पाप की श्रेणी में आता हो। पवित्रता ध्यान को आसान बनाती है और ध्यान से जीवन में शांति उतरती है।

97

क्या आप थक गए हैं? तो ज़रा मुस्कराइए...

थकान बीमारी भी है और ज़रूरत भी। यदि जीवन का संतुलन बिगड़ा और थकान आई तो समझ लीजिए बीमारी आई और यदि वापस ऊर्जा अर्जित करने के लिए विश्राम किया जा रहा है तो ऐसी थकान वरदान भी साबित हो सकती है। इन दिनों जिस तरह की हमारी जीवनशैली है इसमें असंतुलन बहुत अधिक है। खान-पान, काम-काज, बोल-चाल, रहन-सहन यहां तक उठने-बैठने में भी असंतुलन है। सुबह उठने से लेकर रात सोने तक शरीर की कुछ नियमित क्रियाएं हैं। आदमी उसे भूल गया है। चलिए, महापुरुषों की ओर चलते हैं।

बुद्ध बहुत काम किया करते थे और कभी थकते नहीं थे। आज भी कई साधु-संत उतना ही परिश्रम कर रहे हैं जितना कॉर्पोरेट जगत का एक सफल व्यक्ति। फ़क़ीर जब रात को सोते हैं तो पूरी बेफ़िक्री के साथ सो जाते हैं। बुद्ध से उनके शिष्यों ने एक बार पूछा था कि आप थकते नहीं। बुद्ध का उत्तर था - जब मैं कुछ करता ही नहीं तो थकूंगा कैसे। बात सुनने में अजीब लगती है लेकिन है बड़ी गहरी। अध्यात्म ने इसे साक्षी भाव कहा है। स्वयं को करते हुए देखना। यह वह स्थिति होती है जब तन सक्रिय होता है और मन विश्राम की मुद्रा में रहता है।

आज ज़्यादातर लोग असमय, अकारण थक जाते हैं जिसका एक बड़ा कारण है असंतुलित जीवन। एक होता है थकान को महसूस करना और दूसरा है स्वाभाविक थकान। जिस समय आपकी रुचियों

में, इच्छाओं में और मूल स्वभाव में धीमापन आने लगे, अकारण चिड़चिड़ाहट हो जाए तो समझ लीजिए यह थकान बीमारी है।

इसलिए प्रतिदिन थोड़ा योग, प्राणायाम, ध्यान करें। ये क्रियाएं अपनेआप में एक विश्राम है। यह मनोभाव कि करने वाला कोई और है हम तो कठपुतली हैं उसके हाथ की, भी थकान को मिटाएगा। थकान मिटाने का एक और सरल, सीधा सा तरीक़ा है – ज़रा मुस्कराइए... सदा मुस्कराइए...।

असंतुलित जीवन आदमी को अकारण थका देता है। इससे बचने के लिए प्रतिदिन योग, प्राणायाम, ध्यान ज़रूर किया जाए। ये क्रियाएं अपने आप में एक विश्राम हैं जो हमें मानसिक रूप से तरोताज़ा करती हैं।

98

संभावना के सृजन का नाम है जीवन

दु:ख और आघात सभी की ज़िंदगी में आते हैं। कोशिश कीजिए ये अल्पकालीन रहें, जितनी जल्दी हो इन्हें विदा कर दीजिए। इनका टिकना ख़तरनाक है, क्योंकि ये दोनों स्थितियां जीवन का नकारात्मक पक्ष हैं। यहीं से तनाव का आरंभ होता है। तनाव यदि अल्पकालीन है तो उसमें से सृजन किया जा सकता है। रचनात्मक बदलाव के सारे मौक़े कम अवधि के तनाव में बने रहते हैं। लेकिन लंबे समय तक रहने पर यह तनाव उदासी और उदासी आगे जाकर अवसाद यानी डिप्रेशन में बदल जाती है।

ऐसी स्थिति में कुछ लोग ऊपरी तौर पर अपने आपको उत्साही बताते हैं, ख़ुश रहने का मुखौटा ओढ़ लेते हैं। और कुछ लोग इस क़दर डिप्रेशन में डूब जाते हैं कि लोग उन्हें पागल करार दे देते हैं। दार्शनिकों ने कहा है बदक़िस्मती में भी गजब की मिठास होती है। इसलिए दु:ख, निराशा, उदासी के प्रति पहला काम यह किया जाए कि दृष्टिकोण बहुत बड़ा कर लिया जाए और जीवन को प्रसन्न रखने की जितनी भी सम्भावनाएं हैं उन्हें टटोला जाए। अकारण ख़ुश रहने की आदत डाल लें।

हम दु:खी हो जाते हैं इसकी कोई दिक्कत नहीं है पर लंबे समय दु:खी रह जाएं समस्या इस बात की है। हमने जीवन की तमाम संभावनाओं को नकार दिया इसलिए परेशान हैं। पैदा होने पर मान लेते

हैं बस अब ज़िंदगी कट जाएगी लेकिन जन्म और जीवन अलग-अलग मामला है। जन्म एक घटना है और उसके साथ जो संभावना हमें मिली है उस संभावना के सृजन का नाम जीवन है।

केवल मनुष्य होना पर्याप्त नहीं है। इस जीवन के साथ होने वाले संघर्ष को सहर्ष स्वीकार करना पड़ेगा और इसी सहर्ष स्वीकृति में समाधान छुपा है। सत्संग, पूजा-पाठ, गुरु का सान्निध्य ये सब इससे बचने और उभरने के उपाय हैं। ऐसी स्थिति में एक काम और कीजिए, ज़रा मुस्कराइए...।

जीवन में आया दुख धीरे-धीरे तनाव या अवसाद में बदल जाता है। इसलिए जितनी जल्दी हो सके उसे विदा कर दिया जाए। सत्संग, पूजा-पाठ, गुरु का सान्निध्य और मुस्कराहट दुख से बचने और उभरने के सहज-सरल उपाय हैं।

99

साधनों का उपयोग करें, उपभोग नहीं

विद्वत्ता, सद्‌गुण और चतुराई सफल व्यक्ति के गहने हैं। जो चतुराई हमको श्रीराम से दूर कर दे वह कुटिलता मानी जाती है और जो चतुराई हमको श्रीराम से मिला दे वह भक्ति मानी जाएगी। हनुमानजी सीता शोध के लिए जब लंका जा रहे थे तब उनकी अतिचतुरता के कुछ उदाहरण सुंदरकांड में आते हैं। *'जलनिधि रघुपति दूत बिचारी, तैं मैनाक होहि श्रमहारी।'* समुद्र ने उन्हें रघुपति का दूत समझकर मैनाक पर्वत से कहा – हे मैनाक, तू इनकी थकावट दूर करने वाला है (अर्थात् अपने ऊपर इन्हें विश्राम दे)।

सुंदरकांड में चर्चा आई है – *'हनुमान तेहि परसाकर पुनि कीन्ह प्रनाम। राम काजु कीन्हें बिनु मोहि कहा बिश्राम।।'* हनुमानजी ने उसे हाथ से छू लिया और प्रणाम करके कहा, 'भाई श्रीरामजी का काम किए बिना मैं विश्राम नहीं कर सकता।' मैनाक पर्वत के साथ चतुराई दिखाई। उसको अस्वीकार नहीं किया, केवल स्पर्शमात्र कर दिया। स्वर्ण पर्वत मैनाक सुख और समृद्धि का प्रतीक है। हनुमानजी ने सुख समृद्धि को ठुकराया नहीं, उसे स्पर्श किया किन्तु अपने उद्देश्य को नहीं भूले।

कई बार वैराग्य और सादगी के स्वभाव को स्वीकार करने के कारण कुछ लोग सुख-समृद्धि के साधनों को अपना शत्रु समझ बैठते हैं। मनुष्य का स्वभाव होता है कि जिससे अधिक विरोध करो मन उसी पर ज़्यादा टिक जाता है। श्रीहनुमान द्वारा मैनाक पर्वत को स्पर्श करने

का अर्थ है विवेक के साथ सुख-समृद्धि के साधनों का उपयोग करना।

संकेत यह है कि साधनों का उपयोग करें उपभोग नहीं। साधनों का सदुपयोग कभी-कभी ऊर्जा का काम करता है। आज के युग में समृद्धि के साधन, जैसे : बंगला, कार, मोबाइल, कम्प्यूटर आदि सहायक भी हैं। बस ध्यान इतना रखना है कि इनका दुरुपयोग न हो।

वैराग्य और सादगी के चक्कर में सुख-समृद्धि के साधनों को अपना शत्रु नहीं समझ बैठें। समझदारी या चतुराई इसी में है कि विवेक के साथ इन साधनों का उपयोग कर लें। संकेत यह है कि साधनों का उपयोग किया जाए उपभोग नहीं।

100

व्यक्तित्व को महका देती है कम शब्दों की वाणी

समय और ऊर्जा का सदुपयोग करना केवल एक अनुशासन ही नहीं, कॉमनसेंस भी है। सुंदरकांड में प्रसंग आता है, जैसे ही हनुमानजी उड़ते हुए लंका के लिए चले तो सबसे पहले उनके सामने सुरसा नामक राक्षसी आती है। हनुमान को खाने के लिए उसने अपना मुंह खोलकर बड़ा किया तो उन्होंने भी अपने रूप को बड़ा कर लिया। फिर छोटे बनकर उसके मुंह में प्रवेश किया और बाहर निकल गए।

'सत जोजन तेहिं आनन कीन्हा। अति लघु रूप पवनसुत लीन्हा।।' जैसे-जैसे सुरसा मुख का विस्तार बढ़ाती थी, हनुमानजी इसका दुगुना रूप दिखलाते थे। जब उसने सौ योजन (सौ कोस का) मुख कर लिया तब हनुमान ने बहुत ही छोटा रूप धारण कर लिया। इस आचरण से उन्होंने बताया कि जीवन में किसी से बड़ा बनकर नहीं जीता जा सकता। लघुरूप होने का अर्थ है नम्रता जो सदैव विजय दिलाएगी।

इस प्रसंग में जीवन प्रबंधन का एक और महत्त्वपूर्ण संकेत है। हनुमानजी चाहते तो सुरसा से युद्ध कर सकते थे, लेकिन उन्होंने विचार किया मेरा लक्ष्य इससे युद्ध करना नहीं है, इसमें समय और ऊर्जा दोनों नष्ट होंगे। लक्ष्य है सीता शोध। इसे कहते हैं सहजबुद्धि (कॉमनसेंस)।

समय और ऊर्जा बचाने का एक माध्यम शब्द भी हैं इसलिए जीवन में मौन भी साधा जाए। हनुमानजी सुरसा के सामने मौन हो गए थे। एक संत हैं रविशंकर महाराज रावतपुरा सरकार, वे कम बोलने

के लिए जाने जाते हैं। पूरी तरह मौनी नहीं हैं पर छानकर बोलने की कला जानते हैं। कम शब्द की वाणी भीतरी सद्भाव से पूरे व्यक्तित्व को सुगंधित कर देती है और इसीलिए जाते-जाते सुरसा हनुमानजी को आशीर्वाद दे गई।

जीवन में किसी से बड़ा बनकर नहीं जीता जा सकता। स्वभाव में नम्रता हो तो विजय पथ आसान हो जाता है। जब लक्ष्य बड़ा हो तो छोटे कामों में समय व ऊर्जा न गंवाई जाए। यही सहजबुद्धि है।

101

सफलता के लिए आवश्यक है संतुलित व्यक्तित्व

जिन्हें बाहर की दुनिया अपने हिसाब से चलानी हो उन्हें भीतर की दुनिया में अपने हिसाब से चलना भी आना चाहिए। जब हम अपने भीतर उतरकर यात्रा आरंभ करते हैं तो सबसे पहले हमारी भेंट अपने मन से होगी। आध्यात्मिक दुनिया में मन को सभी संत-महात्माओं ने अलग-अलग संबोधन दिया है। यह तय है कि मन को जीते बिना दुनिया नहीं जीती जा सकती। कबीरदासजी ने तो लिखा है – *'कबीर मन मरकट भया, नेक न कहुं ठहराय। राम नाम बांधै बिना, जित भावै तित जाय।।'*

कबीर कहते हैं कि यह मन तो बंदर की भांति अति चंचल है। तनिक समय भी एक जगह नहीं ठहरता। जब तक इसे अंतरयामी रामनाम की ज्ञानरूपी जंज़ीर से नहीं बांधा जाएगा, यह उड़ान भरता रहेगा। स्वच्छंद रूप से इसे जहां अच्छा लगेगा वहीं जाता रहेगा। यह स्वच्छंद है इसी कारण इसका विश्वास असंतुलन में है।

यदि हम बाहर और भीतर दोनों दुनिया में समान रूप से सफलता चाहते हैं तो हमें संतुलित व्यक्तित्व बनाना होगा। भावना, विचार और कर्म इन तीनों के बीच तालमेल बैठाना पड़ेगा। मन के काम-काज को तीन भागों में बांटा ज़ाता है। पहला है भावना। भावना जब अति संवेदनशीलता में बदल जाती है तो मन इसका लाभ उठाता है। ऐसे लोगों को दुःख, अवसाद व निराशा जल्दी घेर लेती है।

मन का दूसरा भाग है विचार। अधिक विचारवान लोग अहंकार की पकड़ में जल्दी आ जाते हैं। और तीसरा जो लोग इन दोनों से हटकर केवल कर्म में विश्वास रखते हैं वे भी संपूर्ण परिणाम नहीं पा सकते। इसलिए मन के संतुलन का अभ्यास डालिये। मन को संतुलित रखने के लिए ज़रा मुस्कराइए...।

मन को जीते बिना दुनिया नहीं जीती जा सकती। जो लोग बाहर और भीतर दोनों दुनिया में समान रूप से सफलता चाहते हों उन्हें अपने मन को, अपने व्यक्तित्व को संतुलित बनाना होगा।

102

परमात्मा के सामने जैसे हैं वैसे ही बने रहें

परमात्मा को पुकारने के लिए शोर से अधिक शून्य की ज़रूरत होती है। इस शून्य को मौन भी कहा गया है। ईसा मसीह ने ईश्वर के लिए एक बड़ा आश्वासन यह दिया है कि जैसे ही हम उसे पुकारेंगे वह चला आएगा, द्वार खटखटाएंगे वह दरवाज़ा खोल देगा। कुल मिलाकर उसे याद करेंगे तो वह अपनी उपस्थिति ज़रूर दर्ज कराएगा। इसका अर्थ यह है कि भरोसा रखो, ईश्वर क्रिया की प्रतिक्रिया ज़रूर करता है।

भक्तों के मामले में भगवान लापरवाह, निष्क्रिय और उदासीन बिलकुल नहीं है। उसे बुलाने के लिए एक गहन आवाज़ लगानी पड़ती है। इसी को संतों ने शक्ति कहा है। परमात्मा के सामने आप स्वयं को जितना निरीह, दीनहीन बनाएंगे, आध्यात्मिक दुनिया में उतने ही शक्तिशाली माने जाएंगे। इसीलिए कहते हैं प्रार्थना करते समय यदि आंसू आ जाएं तो समझ लीजिए प्रार्थना शक्तिशाली हो गई।

तीन दरवाज़े हैं जहां से शक्ति प्रवेश करती है। मन, वचन और शरीर। मन की चूंकि अनेक भागों में बंटने की रुचि होती है इसलिए वह शक्ति को भी तोड़ देता है। व्यर्थ और अनर्थ की बातचीत वचन की शक्ति को कमज़ोर करती है। शरीर से तो हम स्वास्थ्य के मामले में लापरवाह होकर अपनी दैहिक शक्ति को खो बैठते हैं। यदि इन तीनों के मामले में सावधान रहा जाए और फिर परमात्मा को पुकारा जाए तो वह पुकार अपने परिणाम ज़रूर देगी। ज़्यादातर लोग परमात्मा तक कैसे

पहुंचे इसके तरीक़ों में उलझ जाते हैं और जीवन बीत जाता है।

सीधा सा तरीक़ा है उसके सामने पहुंच जाओ और जैसे हम होते हैं वैसे ही हम बने रहें। उदाहरण के तौर पर कोई भिखारी हमारे सामने आकर खड़ा हो जाए और वह कुछ न कहे तो भी हम समझ जाएंगे ये क्यों खड़ा है। बस ऐसे ही परमात्मा के सामने अपने होने के साथ खड़े हो जाएं। बाक़ी ज़िम्मेदारी फिर उसकी है।

ईश्वर क्रिया की प्रतिक्रिया ज़रूर करता है। अगर सच्चे मन से पुकारा जाए तो वह आता ही है। सीधा सा तरीक़ा है उसके सामने जैसे हम होते हैं वैसे ही बने रहें। परमात्मा को दिखावे का शोर नहीं सादगी का शून्य पसंद होता है।

103

संतों से सीखा जाए ऊर्जा का उपयोग

हम सब उस परमपिता की संतानें हैं इस विचार को सभी धर्मों ने अपने अपने ढंग से बताया है। ईसाई धर्म ने इसी बात को बड़े सुंदर ढंग से कह दिया है कि ईश्वर ने मनुष्य को अपनी शक्ल दे दी है। जैसे ही यह विचार हमारे भीतर उतरता है, एक ऊर्जा महसूस होती है। यह ऊर्जा उस परमशक्ति के अनुभव की होती है जिसे परमात्मा माना गया है। यही ऊर्जा प्रार्थना, पूजा का रूप ले लेती है। इस अनुभूति के साथ प्रार्थना का आनंद ही बदल जाता है। इस अवधि में यदि आंसू और आ जाएं तो समझ लें पूरा व्यक्तित्व उस सुगंध से भर जाएगा जिसका नाम ईश्वर है। इसीलिए कहा गया है वह दिखता नहीं, महसूस होता है।

भगवान जीवन में मनुष्य की तरह नहीं, ऊर्जा की तरह आता है। फिर यह ऊर्जा अनेक रूपों में बदल जाती है। कोई भगवान की मूर्ति बना लेता है तो कोई इसे चित्र में डाल देता है। किसी ने गुरु में समा दिया इस ऊर्जा को तो किसी ने ग्रंथ में। भारतीय संस्कृति ने इसका एक रूप माता-पिता को भी माना है। लेकिन इस ऊर्जा का एक ख़तरा भी है, वह है इसका संतुलन न बना पाना। यदि यह असंतुलित हो गई तो उन्माद, भ्रम, सांप्रदायिकता के परिणाम भी दे देगी।

संतों से सीखा जाए इसका उपयोग। वे मध्य की कला जानते हैं। संत का एक अर्थ है संतुलन। पृथ्वी का स्वभाव है ऊर्जा को नीचे खींचना। पर संत की ऊर्जा न पूरी नीचे जाती है न ही पूरी ऊपर। वे

मध्य में रहते हैं, जिसे अधर कहा जाता है। वे अति से मुक्त हैं। हमारी असावधानी में यह ऊर्जा हमें किसी भी अति पर ले जा सकती है। इसलिए मध्य मार्ग, अति से मुक्त पथ, संतुलन की स्थिति ही इस ऊर्जा का सही उपयोग होगा।

भगवान दिखता नहीं, महसूस होता है। जीवन में वह मनुष्य की तरह नहीं, ऊर्जा की तरह आता है। इस ऊर्जा का उपयोग कैसे किया जाए यह संतों से सीखना होगा। संतुलन की स्थिति ही इस ऊर्जा का सही उपयोग है।

104

बेचैन और अधीर बना देता है परिणाम का विलंब

आजकल मानसिक रोगों की ख़ूब चर्चा होती है। थोड़ा गहरे में जाएं तो पता चलेगा मन के रोग नहीं रहते, मन ख़ुद ही एक रोग होता है। मन जब हावी होता है तो मनुष्य की किसी एक काम में रुचि नहीं होती। संशय, निराशा और अकारण थकान से मन अपना प्रभाव जमाता है। ऐसे लोग जब कोई काम करते हैं तो आधे मन से करते हैं और तब आधा मन दूसरे काम की खोज में लग जाता है। इसे कहते हैं डावांडोल होना। यही हड़बड़ाहट मनुष्य को अकेलेपन का एहसास कराने लगती है।

असंतुलन किसी को भी न तो भौतिक प्रगति करने देता है और न ही आध्यात्मिक उन्नति। ऐसे लोग कभी अधिक उत्तेजना में होंगे तो कभी घोर निराशा में। हमारे पास दुनिया में अलग-अलग दायित्व होते हैं। एक ही समय में कई काम हाथ में लेना पड़ते हैं। पहले का परिणाम आने को रहता है लेकिन तब तक दूसरा शुरू करना पड़ता है। इस चक्कर में कभी-कभी उत्साह और उतावलेपन का फ़र्क़ ख़त्म होने लगता है। परिणाम का विलंब बेचैन और अधीर बना देता है। इसलिए जब भी कोई काम करें सर्वप्रथम अपने मन पर नियंत्रण कर लें।

कर्म को पकने में समय लगता ही है। इस दौर में मन अपना काम दिखा देगा। इतनी उठापटक कर देगा कि हमें कर्म से ही भय और उचाट हो जाती है। फिर वर्तमान में तो सारा लालन-पालन, शिक्षा-दीक्षा, नौकरी-धंधा सब कुछ तेज़ी से सिखाए जाने पर ज़ोर देता है।

फटाफट और संक्षेप जैसे गुण भी कब अधीरता जैसे दुर्गुण का रूप ले लेंगे पता नहीं चलता।

इसलिए मलूकदास नामक फ़क़ीर की बात याद रखें कि कोई भी काम शुरू करने के पहले मन में भाव लाएं। *कह मलूक हम जबहिं ते लीन्ही हरि की ओट।* जब से परमात्मा की ओट, आड़, सुरक्षा लेने का निर्णय लिया है, बिना बेचैनी के सफलता मिलेगी और टिकेगी भी।

कोई भी क्षेत्र हो, जीवन की सफलता संतुलन में ही होती है। असंतुलन किसी को न तो भौतिक प्रगति करने देता है और न ही आध्यात्मिक उन्नति। कोई भी काम शुरू करने के पहले मन में उसका भाव पैदा किया जाए।

105

जितना एकांत में उतरेंगे, परमात्मा से निकटता बढ़ती जाएगी

संसार टिका है चाहत पर। मनुष्य की इच्छाएं संसार को सजाती हैं, बनाती हैं। जितनी चाह अधिक होगी, संसार से निकटता उतनी ज़्यादा होगी। संसार में रहते हुए अच्छी पत्नी, पति, बच्चे, मकान, पद, धन सबको चाहिए। इस चाह के बिना संसार बेकार है। जब अनेक चीज़ें पाने की इच्छा हो तो उसे चाहत कहते हैं और जब यही चाहत अनेक की जगह एक के लिए हो जाए उसे अभीप्सा कहते हैं।

अभीप्सा का सीधा सा अर्थ है कामना यानी प्रबल इच्छा। चाहत से संसार मिलता है और अभीप्सा से परमात्मा की प्राप्ति होती है। यह सब सोचने का मामला है। संसारी सोचता है मुझे सब मिल जाए। उसका यही चिंतन धीरे-धीरे सूक्ष्म होता है और फिर सोचता है सब मिल गया हो या न मिल गया हो सिर्फ़ एक मिल जाए। जिस दिन एक की कामना होने लगती है यहीं से भक्ति का जन्म होता है। इसलिए अपनी इच्छा और कामना को चिंतन से जोड़े रखना होगा। सुबह-शाम आपके चिंतन में क्या चलता है उससे आपकी चाहत और फिर कामना बनेगी।

अध्यात्म में एक शब्द आया है मौलिक चिंतन। जब आप दूसरों के विचारों से संचालित होते हैं तब भीड़ का एक हिस्सा होते हैं। भीड़ संसार का दूसरा नाम है और आपका चिंतन जितना मौलिक होता है

उतने ही आप भीड़ से हटकर एकांत में उतरते हैं और जितना एकांत में उतरेंगे उतना परमात्मा के निकट जाएंगे। इसलिए जब भी कोई चीज़ सुनें, देखें और पढ़ें तो उसे सीधे अपने भीतर न उतारें। कुछ न कुछ अपना मौलिक चिंतन उसके साथ ज़रूर जोड़ लें।

चिंतन को मौलिक बनाने के लिए दो काम ज़रूर करें बोलना और लिखना। अपने विचार को समय पर शालीनता के साथ व्यक्त करें और प्रतिदिन एक पृष्ठ उन विचारों का लिखें। यहीं से मौलिक चिंतन का विकास होगा।

हमारा चिंतन जितना मौलिक होता है उतने ही हम भीड़ से हटकर एकांत में उतरते हैं और जितना एकांत में उतरेंगे उतनी परमात्मा से निकटता बढ़गी। अपनी इच्छा और कामना को चिंतन से जोड़े रखना होगा।

106

संकल्प विस्मृत होंगे तो परेशानी आनी ही है

इस दौर में कथा, प्रवचन, सत्संग के ख़ूब आयोजन हो रहे हैं। सभी धर्मों में इसकी होड़ लगी है। हम लोगों ने इन आयोजनों को एक पारंपरिक, पारिवारिक और प्रतिष्ठा का धार्मिक प्रयोजन बना दिया है। कथा आरंभ होती है, समाप्त हो जाती है। सत्संग क्लब की तरह उपयोग में लाए जा रहे हैं जबकि हर कथा और उसके प्रवचन के पीछे भाव यह है कि जीवन में सत्य उतरे। उन कथाओं में जो प्रसंग आए हैं यदि उनके भाव को ठीक से समझा जाए तो स्पष्ट संदेश निकलकर आता है कि यह परमात्मा के अन्वेषण की कथा है।

इसमें विशेषता यह होती है कि जीवन के साथ भगवान जोड़े जाते हैं। जीवन को भगवान का टेका, सहारा, आधार और बल दिया जाता है। सत्संग के दो उद्देश्य हैं – पहला है अपने संकल्प की विस्मृति न हो और दूसरा स्वयं को जानने की ललक बनी रहे। जीवन में जो भी अपने संकल्प को विस्मृत करेगा, जब-जब भी उसको भूल जाएगा, तब-तब परेशानी में पड़ेगा। जिस समय, जिस दिन, जिस स्थान पर, जिस आयोजन में ऐसी कथाएं की जाती हैं उसका अर्थ यह है कि आज हम संकल्पित हो रहे हैं कि अपने जीवन में परमात्मा को उतारेंगे।

कथा मात्र प्रतिष्ठा का आयोजन नहीं है। कथा में बैठकर, समाज के सामने, परमात्मा को साक्षी रखकर, अपने हृदय में, अपनी अंतरआत्मा के सामने, अपने समस्त ज्ञान, पूजा, तप के साथ हम यह संकल्प ले

रहे होते हैं कि जीवन में परमात्मा उतरेगा। नख से शिख तक उतरेगा, मस्तक में ईश्वर आएगा, नेत्र से भगवान देखेंगे, वाणी से प्रभु प्रकट करेंगे, उदर में, उर में परम शक्ति का निवास कराएंगे और तभी आचरण से सत्य का पालन कर सकेंगे।

सत्संग के दो उद्देश्य होते हैं - अपने संकल्प की विस्मृति न हो और स्वयं को जानने की ललक बनी रहे। जीवन में जो भी अपने संकल्प को विस्मृत कर जाता है, उसे परेशानी में पड़ना ही है।

107

जड़ से भी चेतन सा व्यवहार करें, परम आनंद मिलेगा

किसी एक दिन सुबह से यह तय कर लें कि आज हम जड़ वस्तुओं से वैसा ही व्यवहार करेंगे जैसा प्राणवान से करते हैं। उदाहरण के तौर पर हमारे जूते-चप्पल, दरवाज़े, हमारी गाड़ी, हमारा पेन, रसोई के सामान इन सबरो आपका व्यवहार ऐसा हो जैसे ये सब जीवित हैं। इनको स्पर्श करते समय महसूस करें कि इनमें भी प्राण हैं। हमारा पूरा व्यवहार इनके साथ बदल दें।

इस दिन तृण से ब्रह्म तक सबको ख़ूब मान दीजिए, स्नेह दीजिए, संवेदना बहा दीजिए। रोज़ जिन चीज़ों को उपेक्षित कर जाते हैं आज उन्हें ग़ौर से देखिए। उनका इस्तेमाल पूरे सलीके से कीजिए। एक पूरा दिन उनके नाम कर दीजिए। यदि पेन हाथ में है तो अपने हृदय की संवेदना को उससे जोड़ दीजिए, समझ लीजिए कोई नवजात शिशु हाथ में है। यदि रसोईघर में हैं तो प्रत्येक बर्तन में प्राण देखिए। आज किसी बर्तन को पटकना नहीं है। कुछ ज़िंदा तजुर्बा करना है, अपना व्यवहार बदल दीजिए। आज उन्हें ऐसे न पटकें जैसे रोज़ पटकते हैं। आज सलीका दूसरा होगा।

दिनभर जड़ के साथ ख़ूब चेतन व्यवहार करें। ये प्रयोग आपके भीतर प्रत्येक के लिए प्रेम का आरंभ कराएगा। हो सकता है हमें कुछ अजीब सा लगे लेकिन इसे पागलपन न समझें। पागल तो हम तब हैं

जब जड़ के साथ निष्प्राण व्यवहार कर रहे हैं। इनके साथ ज़रा सा चेतन हुए कि आप होश में आ जाएंगे। आपका आनंद बढ़ जाएगा। राम अवतार में सेतु निर्माण के समय वानर जब पत्थर को हाथ में उठाते थे और उसके नीचे राम लिखते थे उसका अर्थ ही यही था कि जड़ वस्तु भी उनके हृदय से जुड़ी हुई है।

कभी-कभी जड़ वस्तुओं से भी वैसा ही व्यवहार किया जाए जैसा कि प्राणवान से करते हैं। जिसने जड़ से प्रेम कर लिया वह फिर सारे संसार के प्रति प्रेम में डूब जाता है।

108

भक्त का हृदय ही भगवान का वास्तविक पता है

भगवान जब किसी को हृदय से लगाते हैं तो इसका अर्थ होता है भगवान अपने को उसके हृदय में स्थापित कर रहे हैं। वनवास के दौरान श्रीराम ने निषाद को, केवट को, हनुमानजी को हृदय से लगाया था। यदि पूछा जाए कि श्रीराम का पता क्या है तो वैकुंठ या क्षीरसागर उनका पता नहीं है। भगवान का वास्तविक पता है भक्त का हृदय। भगवान ने हनुमानजी को न सिर्फ़ हृदय से लगाया बल्कि अधरों पर भी बैठाया था।

संतों के मुख से एक कथा सुनी जाती है। लंका विजय के पश्चात अयोध्या लौटने पर श्रीराम ने भरत से कहा, 'मैं हनुमान का ऋणी हूं, समझ नहीं आता उनका उपकार कैसे उतारूँ।' उस समय भरतजी ने श्रीराम से कहा, 'जैसे अगले अवतार में आप लक्ष्मण को बड़ा भाई बनाकर उनकी सेवा करेंगे, वैसे ही कृष्णावतार में हनुमानजी के चरण दबाकर ऋणमुक्त हो सकते हैं। जब रास के अवसर पर आप हनुमान को मुरली बनाकर अपने करकमलों से उनके पैर दबाएंगे।'

श्रीराम सहमत हो गए और रासलीला के समय अखंड ब्रह्मचारी हनुमानजी मुरलीरूप में थे तथा श्रीकृष्ण मुरलीसेवा कर रहे थे तब रास संपन्न हुआ था। *हनुमानचालीसा* की 11वीं चौपाई, *'लाय संजीवन लखन जियाये, श्रीरघुबीर हरषि उर लाये'* में इसी प्रसंग पर प्रकाश डाला गया है। संजीवनी औषधि लाकर आपने लक्ष्मणजी के प्राण बचाए थे और श्रीराम ने आपको हृदय से लगा लिया था।

भगवान जिस पर प्रसन्न होते हैं, उसे अपने हृदय में स्थान देते हैं। इसलिए जीवन में कुछ ऐसे काम किए जाएं कि परमात्मा स्वयं हमें अपनी निकटता प्रदान करे। ऐसी निकटता जो श्रीराम ने हनुमान को दी थी।

109

स्वांग छोड़ असली चेहरा पहचानें

स्वांग स्वरूप को लील जाता है। हम दोनों तरीक़े से जीते हैं। कभी-कभी स्वांग इतना हावी हो जाता है कि हम अपने मूल स्वरूप को ही भूल जाते हैं। बोलचाल की भाषा में इसे मुखौटा भी कहा गया है। रिश्तों के, कर्मकांड के मुखौटे ओढ़कर हमारे असली चेहरे खो से गए हैं। औचित्य को अंगीकृत करने का विवेक ग़ायब हो जाता है। स्वांग झूठ की तरफ़ जल्दी झुकता है। असली चेहरा सत्य के निकट होता है।

जीवन में सत्य के दर्शन जहां से भी हो सके हमें उस स्थिति का चयन करना चाहिए। इसलिए आध्यात्मिक दृष्टि से देखें तो अपना असली चेहरा पहचानने के लिए स्वांग से मुक्ति पाएं। संसार दौड़ का नाम है, रुक जाओ तो मोक्ष मिल जाएगा। दौड़ स्वांग है मोक्ष असली चेहरा। लोभ मिट जाए तो दान अपने आप संभव हो जाएगा। ऐसे ही वासना के जाते ही ब्रह्मचर्य घट जाता है। मन हट जाए तो ध्यान अपने आप घट जाएगा। इन सबमें लोभ, वासना, मन ये सब स्वांग की तरह काम करते हैं। स्वांग हटाते ही असली चेहरा सामने आएगा।

जो लोग अपने ही असली स्वरूप की खोज में निकले हैं उन्हें श्रीकृष्ण और अर्जुन का गीता वाला संवाद हमेशा सुनते रहना चाहिए। अर्जुन ने आरंभ में ही श्रीकृष्ण से यह प्रश्न पूछा था क्या मैं ऐसा करूं, यदि ऐसा नहीं करूंगा तो क्या होगा और यदि वैसा करूंगा तो ऐसा हो जाएगा?

तब भगवान ने कहा था, 'सबसे पहले तू एक काम कर और वह यह कि कुछ करने की बात ही छोड़ दे। समझ ले करने वाला कोई और है। तू कुछ मत कर। जितना तू करेगा उतनी झंझट होगी इसलिए अकर्ता बन जा।' हम भी समझ लें अकर्ता होना हमारा असली स्वरूप है और करना स्वांग है। असली चेहरे की एक पहचान है, ज़रा मुस्कराइए...।

जहां से भी सत्य के दर्शन हो सके उस स्थिति का चयन करना चाहिए। जहां तक संभव हो स्वांग या मुखौटे से बचते हुए असली रूप में रहा जाए। स्वांग झूठ की ओर जल्दी झुकता है जबकि असली चेहरा सत्य के निकट होता है।

110

शक्तियों के संतुलन से ही पाया जा सकता है ईश्वर को

दुनिया और दुनिया बनाने वाले दोनों को यदि हम पाना चाहें तो जीवन में एक संतुलन बनाना पड़ेगा। यह संतुलन शक्ति से बनता है। हमारे भीतर छः प्रकार की शक्तियां हैं जिन्हें ठीक से जान लें तो हमारे लिए भौतिकता और भक्ति समझना आसान हो जाएगा।

1. **पराशक्ति** – यह सब शक्तियों का मूल और आधार है।
2. **ज्ञानशक्ति** – यह मन, बुद्धि, चित्त और अहंकार का रूप धारण कर, मनुष्य की क्रिया का कारण बन जाती है। इसके द्वारा दूरदृष्टि, अंतरज्ञान और अंतरदृष्टि जैसी सिद्धियां प्राप्त होती हैं।
3. **इच्छाशक्ति** – यह शरीर के स्नायु मंडल में लहरें उत्पन्न करती हैं जिससे इन्द्रियां सक्रिय होकर कार्य करने की ओर संचालित होती हैं। जब यह शक्ति सत्‌गुण से जुड़ जाती है तो सुख और शांति की वृद्धि होती है।
4. **क्रियाशक्ति** – सात्विक इच्छा शक्ति इसी के द्वारा कार्यरूप में परिणत फल को पैदा करती है।
5. **कुंडलिनी शक्ति** – यह एक तरह से जीवनशक्ति है। इसके दो रूप हैं समष्टि और व्यष्टि। समष्टि का अर्थ है पूरी सृष्टि में कई रूपों में विद्यमान रहना जैसे – पेड़-पौधों में प्राण, प्रकृति का जीवन तत्व।

व्यष्टि रूप में मनुष्य के शरीर के भीतर तेजोमय शक्ति के रूप में रहती है। इसी शक्ति के द्वारा मन संचालित होता है। इसे परमात्मा की ओर मोड़ दें तो माया के बंधन से मुक्ति मिलती है। यह साधना से जाग्रत होती है।

6. **मातृका शक्ति** – यह अक्षर, बीजाक्षर, शब्द, वाक्य तथा गान विद्या की शक्ति है। मंत्रों में शब्दों का जो प्रभाव होता है वह इसी के कारण है। इसी शक्ति की सहायता से इच्छाशक्ति और क्रियाशक्ति अपना फल दे पाती है। इसके बिना कुंडलिनी शक्ति नहीं जागती।

अपनी शक्तियों को भीतर से पहचानते हुए इनका उपयोग सफलता प्राप्त करने में किया जाए। भीतरी शक्तियों को ठीक से जान लें तो भौतिकता और भक्ति को समझना आसान होगा।

111

विवेक से शुरू किए गए काम की पूर्णता भी विशिष्ट होती है

विरोधाभास और विडंबनाओं के इस दौर में विवेक हमारे लिए पूंजी के समान है। हमारे पास ज्ञान तो बहुत बढ़ गया है पर समझ समाप्त होती जा रही है। सरस्वती देवी हमें बुद्धि देती हैं और गणेशजी विवेक प्रदान करते हैं। गणेशजी की पूरी आकृति रहस्यमय और प्रतीकमय है। अतिशयोक्ति नहीं होगी कि वे भारतीय संस्कृति का प्रतीक बन गए हैं, लोक विश्वास का सजीव रूप हैं।

सैकड़ों वर्षों से गणेशोत्सव मनाए जा रहे हैं और ऐसी लोक परंपरा का किसी देवता के साथ जुड़ना सामान्य घटना नहीं है। ये प्रथम पूज्य इसलिए नहीं हैं कि शास्त्रों में लिखा गया है। ये विवेक के देवता हैं और जो कार्य विवेक से आरंभ होता है उसकी पूर्णता विशिष्ट तथा सर्वमान्य होती है। आत्मजगत पर अधिकार बनाने के लिए विवेक की बहुत ज़रूरत है। संसार और भगवान के बीच संतुलन विवेक से ही आएगा।

यदि हमारा विवेक जाग्रत है तो हमारे संसार की प्यास भी बुझेगी और परमात्मा की तृप्ति भी मिलेगी। परमात्मा को पाने की जो प्यास होती है वह सभी के भीतर जन्म से ही आ जाती है। अब इसको जगाने का काम विवेक करता है। जैसे पैदा होते ही बच्चों में काम, क्रोध, लोभ, मद, मोह और मत्सर जैसे दुर्गुण होते ही हैं लेकिन इन्हें जागने में 14 से 16 वर्ष लग जाते हैं। इस युग में अब यह उम्र भी कम हो रही है। काम

छोटे से बच्चे में है लेकिन शरीर को 16 वर्ष की आयु में पता लगता है।

ठीक इसी प्रकार भगवान जन्म से ही हैं पर हर प्राणी को एक उम्र में आकर ज्ञात होता है। विवेक उसी प्यास, अनुभूति और समझ जगाने का नाम है। जिसका विवेक जागा है उसे परमात्मा की अनुभूति ठीक समय पर हो जाएगी। जब एक आदमी के भीतर विवेक जागता है तो वह कई लोगों को हस्तांतरित कर देता है। गणपति उसी शुभ और विवेक के हस्तांतरण के देवता हैं।

जो कार्य विवेक से आरंभ होता है उसकी पूर्णता विशिष्ट तथा सर्वमान्य होती है। जिसका विवेक जाग जाता है उसे ठीक समय पर परमात्मा की अनुभूति हो जाती है।

112

कर्म और फल के प्रति एक नया दृष्टिकोण अपनाया जाए

कर्म किए बिना कोई रह नहीं सकता। बहुत गहराई में जाकर जानें तो आलस्य भी अपने आप में एक कर्म ही हो जाता है। अपने कर्म और उसके फल के प्रति कभी-कभी एक नया दृष्टिकोण अपनाया जाए। एक दिन शुरू ही इससे किया जाए कि इस चौबीस घंटे में डूइंग है डूअर नहीं। यानी आज आप अकर्ता हैं, काम सारे करेंगे लेकिन फिर भी आज कुछ नहीं करेंगे। ऊपर वाला करा रहा है। कर्म होना है, कर्ता का बोध समाप्त हो जाना है। इसमें कहीं भी ऐसा नहीं होगा कि आप अकर्मण्य हैं। काम सारे होते रहेंगे लेकिन बोध यह बना रहेगा कि करने वाला कोई और है। दिनभर अपने को एक बहाव में बहा दें।

इस दिन भगवान जो कराए वही करना है। पूरी तरह कर्ताभाव से मुक्त हो जाएं। साक्षी बन जाएं कि भगवान ने एक नाटक लिखा है और हम एक पात्र मात्र हैं। लिखी हुई पटकथा में बीच में बिना उसके निर्देश के बिलकुल प्रवेश न करें। होने दीजिए जो हो रहा है। सब कुछ करते हुए भी आज कुछ नहीं करना। बार-बार विचार कीजिए कोई और करा रहा है।

यह संकल्प जितना अधिक तीव्र होगा उतने ही आप अपने आपको शान्त महसूस करेंगे। यहीं से निष्कामता का जन्म होगा। एक दिन स्वयं को इस निष्कामता के नाम करके देखिए। भक्तों के भीतर निष्कामता

कूट-कूटकर भरी हुई होना चाहिए। इससे उन्हें सफलता में अहंकार नहीं आता और असफलता में अवसाद नहीं घेरता।

भक्त अपने जीवन के हर दृश्य को भगवान की लिखी हुई पटकथा ही मानते हैं। जिस दिन आप भी वो करा रहे हैं, मैं कर रहा हूं का भाव उतार लेंगे, बिना किसी झंझट के सारे काम हो जाएंगे और आप दबाव तथा तनाव मुक्त बने रहेंगे।

'मैं कुछ नहीं कर रहा, सब ऊपर वाला कर रहा है।' एक दिन स्वयं को इस निष्कामता के नाम करके देखिए। निष्काम व्यक्ति को सफलता में अहंकार नहीं आता और असफल होने पर अवसाद नहीं घेरता।

113

जब भी मौक़ा मिले, अवश्य मुस्कराइए...

अध्यात्म का एक स्वरूप है आनंद की खोज। नौकरीपेशा हो या व्यवसायी, जो लोग परमपिता परमेश्वर से जुड़ना चाहें उन्हें मुस्कराना ज़रूर आना चाहिए। हर धर्म ने मुस्कराहट को अपने-अपने तरीक़े से ज़रूरी माना है। मुस्कराहट आनंद की सतह है। जैसे समंदर में लहरें उठती हैं ऐसे ही आनंद के समुद्र में मुस्कराहट की लहर उठती है।

आजकल देखा गया है कि जब लोग घर से निकलते हैं तो अपने धंधे-पानी, कार्यस्थल तक जाते-जाते जितने लोग मिलते हैं सबको देखकर मुस्कराते हैं और घर आते ही एकदम सीरियस हो जाते हैं। घर में एक-दूसरे को देखकर कोई नहीं मुस्कराता। हम घर में आपस में झगड़ते हैं और दूसरों को देखकर मुस्कराते हैं। ऐसा क्यों? ज़रा अपनों से मिलकर भी हंसिए।

जिस क्षण हम मुस्कराते हैं, परमात्मा मुड़कर हमारी ओर चलने लगता है। आज जो स्माइल जीने की चीज़ है वह लेने और देने की चीज़ बन गई है। हम मुस्कराहट को भी शस्त्र की तरह इस्तेमाल करते हैं जबकि वह हमारी शांति का कारण हो सकती है। कई लोगों की हंसी भी बीमार हो गई है। कई लोगों ने स्माइल को बिज़नेस पीस बना डाला है। अब तो देखा गया है द्विअर्थी संवाद या अश्लील चर्चा पर ही लोग हंसते हैं।

जिन्हें भक्ति करना हो, जो सद्‌गुण अपनाना चाहें, जो शांति की खोज में हों उन्हें सदैव अपनी हंसी को प्रेम और करुणामयी बनाए रखना चाहिए। फ़क़ीरों को हंसता हुआ देखिए। उनकी हंसी में चोट नहीं होती और हम किसी को गिरता हुआ देखकर भी हंसने लगते हैं। यह बहुमूल्य क्रिया है। इसे प्रेम के साथ प्रदर्शित कीजिए। इसलिए सुबह हो या शाम, अपनों से मिलें या ग़ैरों से, घर के भीतर हों या बाहर, जब भी मौक़ा मिले ज़रा मुस्कराइए... ज़रूर मुस्कराइए...।

मुस्कराहट आनंद की सतह है। जो लोग ईश्वर से जुड़ना चाहें, सद्‌गुण अपनाना चाहें, जो शांति की खोज में हों उन्हें सदैव अपनी हंसी को प्रेम और करुणामयी बनाए रखना चाहिए।

114

जीवन प्रबंधन का सरलतम पाठ्यक्रम है हनुमानचालीसा

प्रशंसा और प्रोत्साहन करना और देना भी एक कला है। इसके कई उदाहरण हनुमानजी के चरित्र में हैं। इसलिए *श्री हनुमानचालीसा* जीवन प्रबंधन का एक सरलतम पाठ्यक्रम है। इसके लिए कह सकते हैं - रेडीरेकनर ऑफ़ सोल्यूशन इज हनुमानचालीसा। चलिए, एक ही उदाहरण पकड़ते हैं। *'तुम उपकार सुग्रीवहिं कीन्हा, राम मिलाय राज पद दीन्हा।'* हे हनुमानजी, आपने सुग्रीव पर उपकार किया, श्रीराम से मिलवाकर बालिवध के पश्चात उन्हें राजा का पद भी दिलवाया।

तुलसीदासजी यहां 16वीं चौपाई में उपकार शब्द का उपयोग कर रहे हैं। सुग्रीव पर किस प्रकार उपकार किए? एक तो रामजी से मिलाया, दूसरा उपकार है राजपद दिलाया। इस समय आदमी को राम और राज दोनों की ज़रूरत है। राम यानी भीतर की शांति और राज यानी बाहर की सफलता।

हम किसी भी व्यवसाय या क्षेत्र में हों अपने सहकर्मी, साथी और कभी-कभी अपने वरिष्ठ लोगों को अपने व्यवहार से प्रोत्साहन तथा सलाह भी देते रहें। हमारे साथ रहने और काम करने वालों को लगना चाहिए कि वक्त आने पर हम उन्हें प्रसन्नता, प्रोत्साहन, शांति तथा सफलता में सहयोग देंगे ही। वे हमें इस बात के लिए योग्य मानें तभी हम सफल माने जाएंगे।

सुग्रीव भयग्रस्त थे और हनुमानजी ने उनको अभयदान दिया। जीवन में जितने दान होते हैं उनमें एक बड़ा दान है अभयदान। आप किसी को धन, शक्ति, स्वास्थ्य तो दान में दे सकते हैं लेकिन अभयदान नहीं दे सकते। इस समय किसी के लिए भी निर्भयता का मतलब है भविष्य के प्रति आश्वस्त रहना कि सुख और शांति हमें मिलेगी।

हनुमानजी ने सुग्रीव को श्रीराम से मिलवाकर यही अभयदान दिलवाया था। ऐसी ही निर्भयता हम अपने साथ रहने वालों को देते रहें।

अपने सहकर्मी, साथी और कभी-कभी अपने वरिष्ठ लोगों को अपने व्यवहार से प्रोत्साहन तथा सलाह भी देते रहें। उनको लगना चाहिए कि वक्त आने पर हम उन्हें सफलता में सहयोग देंगे ही। तभी हम सफल माने जाएंगे।

115

सत्य को सुनते हुए पकड़ें और गुनते हुए जीवन में उतारें

हर कथा का व्यावहारिक पक्ष होता है कि इससे फल में सुख और मोक्ष दोनों मिलेंगे। हर कथा अपनी-अपनी अलग फलश्रुति की घोषणा करती है। सामान्यतः सत्संग का परिणाम बताया जाता है कि इससे दुःख, शोक आदि का शमन, धन-धान्य की वृद्धि, सौभाग्य और संतान तथा सर्वत्र विजय प्रदान होती है। हर कथा बंधु-बांधवों के साथ, धर्मरत होकर, समय को साधते हुए, प्रसाद को वितरित करते हुए, यथासंभव भगवान के स्वरूप का शृंगार करते हुए पूरी करें। इसका अर्थ है पारिवारिक एकता, सद्व्यवहार, समय का सदुपयोग, प्रसाद-वितरण यानी दानवृत्ति, समाजसेवा एवं राष्ट्र सेवा का भाव बना रहे।

शास्त्रों में परमात्मा ने कहा है - *नृत्यगीतादिकं चरेत।* अर्थात नृत्य-गीत का आयोजन भी करना चाहिए। सीधा संदेश है कि जीवन में उत्सव के क्षण बने रहना चाहिए। जो जीवन को उत्सव की तरह जीते हैं उदासी उनसे कोसों दूर रहती है। जिसके जीवन में कथा और सत्संग का सत्य उतरेगा, उसका जीवन कलियुग में भी सुख-शांति से परिपूर्ण होगा। कथा, सत्संग केवल सुनने से काम नहीं चलेगा। प्रसंगों के पीछे का संदेश, उसमें व्यक्त महापुरुषों की जीवनशैली से शिक्षा ग्रहण करना ही उस कथा का सत्य होता है। इसलिए सत्य को सुनते हुए पकड़ना

पड़ेगा और बाद में गुनते हुए जीवन में उतारना होगा। अन्यथा अच्छे से अच्छा सत्संग मात्र मनोरंजन होकर रह जाएगा।

भूमिः कीर्तिर्यशो लक्ष्मीः पुरुषं प्रार्थयन्ति हि। सत्यं समनुवर्तन्त सत्यमेव भजेत्ततः।। भूमि, कीर्ति, यश और लक्ष्मी सत्यवादी पुरुष के पीछे चलते हैं। अतः सत्य का आचरण करने योग्य है। सत्य संतों के शास्त्रों के शब्दों से मिल सकता है।

116

जीवन का असली आनंद भीतर ही है

यह अत्यधिक बाहर रहने का युग है। सारी दौड़ बाहर की तरफ़ है। अपने भीतर मुड़ने को मनुष्य या तो समय की बर्बादी मानता है या मूर्खता। यदि समझदारी आ जाए तो भीतर की यात्रा भी सार्थक है और बाहर की दौड़ भी व्यर्थ नहीं है।

बाहर के कुछ तयशुदा काम हैं नाम, दाम को पाना और बढ़ाते जाना। इसके लिए हालात से लड़ना और उन्हें अपने हक़ व हित में बदलना। इसे पुरुषार्थ का नाम दे दिया है। लेकिन जीवन में कुछ ऐसा अज्ञात भी होता है जो नहीं बदल पाता, इसे ही भाग्य कहा गया है। चाहने पर जो न मिले और न चाहते भी मिल जाए इन्हीं शब्दों में भाग्य की परिभाषा ढूंढ़ी गई है।

सारे बाहरी परिश्रम के बाद भी यह अज्ञात अपना काम कर जाता है और आदमी फिर तनावग्रस्त, निराश होता है। चलिए, इसी कारण भीतर की यात्रा का फ़ायदा समझ लें। भीतर जाते ही हमारा वह अज्ञात परमात्मा-परमशक्ति से जुड़ जाता है। प्रकृति के हर निर्णय पर हम उसके हस्ताक्षर देखने लगते हैं। ईसाइयों ने जीसस के इस संवाद को सभी के लिए उपयोगी छोड़ा है कि जब भी कोई पत्थर उठाओगे, मुझे ही पा जाओगे। पेड़ की डाली तोड़कर देखो तो मैं ही छिपा मिल जाऊंगा।

जीसस कह रहे हैं – *'मैं हूं ना।'* यहीं से भीतर वह आश्वासन मिल जाता है कि नाम–दाम कम हो या ज़्यादा, ख़ूब आबाद हो जाएं या बर्बाद, जब तक तू है फिर क्या फ़िक्र। इसके बाद मनुष्य समझ जाता है कि असली आनंद भीतर ही है।

ऐसे लोगों को स्वर्ग में रखो या नर्क में, वे मज़ा स्वर्ग का ही लेंगे। झोपड़ी में हो या महल में रहें, उनकी मस्ती क़ायम ही रहेगी। ऐसे लोग बाहर के हालात से भीतर प्रभावित नहीं होंगे। सुख–दुःख की परिभाषा बदल जाएगी।

जीवन का असली आनंद भीतर ही है। भीतर यानी आत्म साक्षात्कार। भीतर जाते ही हमारे अज्ञात भय मिट जाते हैं और चित्त परमात्मा–परमशक्ति से जुड़ जाता है।

117

सुसंग के मार्ग की बाधा है अहंकार

अहंकार ऐसा दुर्गुण है जो हर क्षेत्र में हमारी तरक्की में बाधक होता है। यहां तक कि भक्त और भक्ति यानी भगवान के बीच भी अहंकार एक बड़ी बाधा है। जिनके जीवन में अभिमान है उनको अच्छे लोगों की संगत नहीं हो पाती। आज वैसे ही भले लोगों का अभाव है, उस पर यदि अहंकार की बागड़ बना ली जाए तो अच्छे लोगों के प्रवेश की उम्मीद और कम हो जाती है।

भगवान महावीर स्वामी से जुड़ी एक घटना है। उनके सामने राजा-रंक, अमीर-ग़रीब सभी आया करते थे। एक राजा उनसे मिलने चला। चूंकि राजा था इसलिए भेंट में कोई महंगी वस्तु देना चाहता था सो हीरे जड़ा हार लेकर पहुंच गया। जैसे ही महावीर को भेंट किया, उन्होंने कहा गिरा दे। बात तो राजा ने मान ली पर चौंक गया कि इतनी महंगी चीज महावीर ने गिरवा दी।

दूसरे दिन बहुत ही महंगा गुलदस्ता लेकर गया। महावीर ने फिर कहा कोने में पटक दो। राजा ने पटक तो दिया पर फिर परेशान होता रहा। अपने मंत्री से सलाह ली कि यह क्या मामला है। मंत्री समझदार था। उसने कहा आप अगली बार ख़ाली हाथ जाना कुछ भी भेंट मत ले जाना।

अगले दिन राजा ख़ाली हाथ महावीर के सामने था। सोच रहा था देखें आज महावीर क्या गिराने को कहते हैं। चूंकि राजा था तो झुकने

का सवाल ही नहीं, तनकर खड़ा था। जैसे ही दोनों की निगाह मिली, महावीर ने कहा आज स्वयं को गिरा दो। चूंकि वाणी महावीर की थी इसलिए राजा के कलेजे में सीधी उतरकर गहरे जाकर बैठ गई।

राजा को समझ में आ गया कि संत या फ़क़ीर मनुष्य के अभिमान को गिरवा देता है। जिस दिन हम संत या भगवान के सामने ख़ुद गिर गए उस दिन समझिए अहंकार गल गया।

अहंकार हमारी तरक्की में बाधक है। जिनके जीवन में अभिमान है उनको अच्छे लोगों की संगत नहीं मिल पाती। संत संगत का एक बड़ा फ़ायदा यह है कि संत लोग मनुष्य के अहंकार को गिरवा देते हैं।

118

प्रबंधन में सख़्त और अप्रिय निर्णय भी लेने पड़ते हैं

अपने दायित्व सदैव दूसरों पर थोपे और सौंपे नहीं जा सकते लेकिन कुछ काम ऐसे होते हैं जो ख़ुद भी करना पड़ते हैं और दूसरों से भी कराना पड़ते हैं। कभी-कभी तो ख़ुद करना आसान और दूसरों से काम लेना कठिन हो जाता है। क्योंकि प्रबंधन में अप्रिय व सख़्त निर्णय भी लेने पड़ते हैं।

हिंदू धर्म में अवतारों ने कई उदाहरण ऐसे दिए हैं जिसमें उन्होंने कुछ काम दूसरों से लिए हैं और कुछ ख़ुद ही किए हैं। यह इस बात पर निर्भर करता है कि काम किस स्तर का है और परिणाम कितने महत्त्वपूर्ण होंगे।

एक बार विष्णुजी ने नारद मुनि को सत्य-व्रत के बारे में समझाते हुए कहा था इसका प्रचार संसार में जाकर करो। बाद में भगवान ने निर्णय लिया कि मैं स्वयं भी जाऊं। शतानंद नामक ब्राह्मण के सामने भगवान ने वृद्ध ब्राह्मण का वेश धरा और वार्तालाप किया। ऐसा *सत्यनारायण व्रत कथा* में आता है। भगवान ने सोचा जो कुछ मैंने नारदजी को समझाया है क्या वैसा नारदजी संसार में लोगों को समझा सकेंगे? यह भगवान की कार्यशैली है कि वे हर कार्य करने में अत्यधिक सावधानी रखते हैं। अपने सहायकों और साथियों पर आधारित रहने की एक सीमा रेखा

तय करते हुए कुछ कार्य स्वयं ही करना चाहिए। इसका सीधा असर गुणवत्ता पर पड़ता है।

भगवान सत्य-व्रत की गुणवत्ता से कोई समझौता नहीं करना चाहते थे। शत-प्रतिशत परिणाम पाने के लिए भगवान ने स्वयं की भूमिका को सक्रिय भी रखा और इस बात की चिंता नहीं पाली कि नारद अन्यथा ले लेंगे। प्रबंधन का एक नियम है किसी व्यवस्था में शीर्ष व्यक्ति सदैव अच्छे बनने के चक्कर में असफल बॉस साबित हो जाते हैं।

जो नेतृत्व सफलता तक पहुंचता है वह अपने सहायकों, साथियों में सदैव लोकप्रिय रहे यह ज़रूरी नहीं। प्रबंधन में कभी-कभी सख़्त और अप्रिय निर्णय भी लेने ही पड़ते हैं।

119

मन को साधने के तीन तरीक़े - सत्संग, गुरुकृपा और योग

हर कोई चाहता है कि उसको कर्म के परिणाम मिले और वह भी लाभ की शक्ल में। हानि उठाने को कोई तैयार नहीं है। जो लोग कर्म और उसके परिणाम के प्रति बहुत आग्रहशील हैं उन्हें अपने तन और मन की गति को संतुलित और नियंत्रित करना पड़ेगा। फ़क़ीरों ने कहा है – *'मन चलतां तन भी चलै, ताते मन को घेर। तन मन दोऊ बसि करै, होय राई सुमेर।।'* मन से ही तन प्रभावित होता है। जब मन किसी विषय से आकर्षित होकर सक्रिय होता है तो यह तन भी चलायमान हो जाता है। इसलिए सदैव मन को वश में करना चाहिए।

यदि तन और मन दोनों को वश में कर लिया जाए तो इस थोड़े से समय में होने वाले संयम-साधना का परिणाम-लाभ बड़े रूप में पाया जा सकता है। मन को साधने के लिए यूं तो अनेक तरीक़े हैं लेकिन तीन तरीक़े थोड़े आसान हैं। पहला सत्संग किया जाए। इससे मन को शुभ समय मिलता है। दूसरा गुरुकृपा हो जाए। गुरुमंत्र की ताक़त भी मन को नियंत्रित करने में मददगार होती है और तीसरा है थोड़ा योग किया जाए।

मन के लिए कहा गया है – *पहले यह मन काग था, करता जीवन घात। अब तो मन हंस भया, मोती चुनि-चुनि खात।।* पहले अज्ञान दशा में यह मन कौए की भांति था। इसका खान-पान, बोल-चाल तथा रंग-ढंग आदि सब अशुभ था। यह हिंसक था, इसीलिए जीवों को घात

करता था। परंतु अब सत्संगति तथा सद्गुरु के ज्ञानोपदेश से मन हंस की भांति हो गया है। अतः सहज-सरल तथा विवेकी भाव से दुर्गुणों को छोड़कर सद्गुण-ज्ञानरूपी मोतियों को ही चुन-चुनकर खाता है।

इसलिए मन पर काम किया जाए। चूंकि मन का भोजन है सांस, इसलिए जितनी गहरी सांस लेंगे और उसे अपनी चेतना से जोड़ेंगे अर्थात मन को जितना संतुलित भोजन देंगे उतना ही मन नियंत्रित होता जाएगा और संसार में मोतियों के परिणाम मिलेंगे।

तन और मन दोनों को वश में कर लिया जाए तो थोड़े समय में होने वाले संयम-साधना का परिणाम बड़े-लाभ के रूप में पाया जा सकता है। मन से ही तन प्रभावित होता है इसलिए पहले मन को साधा जाए।

120

परमात्मा की पसंद है द्विज

वैसे तो मृत्यु के पूर्व जीवन के आरंभ को ही हम जन्म मानते हैं लेकिन इस एक जन्म में भी अन्य जन्म की संभावना है। भारतीय संस्कृति में एक शब्द आया है द्विज। इसका सीधा अर्थ है ब्राह्मण। लेकिन द्विज का एक और अर्थ है, दूसरा जन्म। यहीं द्विज का स्वरूप सामने आता है। वास्तव में हम द्विज तब बनेंगे जब हमारा दूसरा जन्म होगा। हमारे दो जन्म हैं। एक शरीर के आधार पर दूसरा आत्मा के आधार का। शरीर का जन्म माता-पिता ने दिया है, आत्मा के आधार का जन्म हमें स्वयं लेना होगा। बस उसी क्षण हम द्विज होंगे और द्विज परमात्मा की पसंद है।

ब्राह्मण का अर्थ है जिसकी चर्या भगवान के संविधान के अनुसार हो। भगवान आज भी अपने भक्तों से कहते हैं कि याचक न बनो। संसार के सामने हाथ फैलाना हो तो केवल धार्मिक कार्य, जनहित या विपत्ति निवारण के लिए ही फैलाओ। भगवान का यह संदेश देने के लिए जीवन में गुरु का प्रवेश होता है। सद्‌गुरु स्वयं सत्य स्वरूप है और सत्य का रहस्य बताने वाले हैं।

सत्य की निकटता का पहला चरण गुरुकृपा है। सद्‌गुरु हमें समझाते हैं कि मन, शरीर, बुद्धि सबको आत्मनिर्भर होना ही पड़ता है। यदि ऐसा हो जाता है तो फिर आवश्यकता ही नहीं कि कोई दूसरा सत्य बताए या सिद्ध करे। फिर सत्य स्वयं मन, वचन, कर्म से प्रकट होने लगता है।

मुक्ति या श्रेष्ठ आत्मानुभव द्विज यानी ब्रह्म के आचरण में उतरकर प्राप्त किया जा सकता है। जितना अपनी आत्मा के निकट जाएंगे उतना ही हम द्विज होते जाएंगे।

121

धनार्जन बुरी बात नहीं, बस उसका तरीक़ा अनुचित न हो

युग कोई सा भी रहा हो, यह सही है कि धन सब कुछ नहीं होता परन्तु यह भी ग़लत नहीं कि बहुत कुछ होता है। लक्ष्मी अर्जन करना सबसे बड़ा पुरुषार्थ है। धन कमाने में अनुचित की शुरुआत उसके तरीक़े में है, उसके अर्जन में नहीं। दीपावली पर पूजन सही हो जाए तो क्या सचमुच लक्ष्मी मेहरबान हो जाएंगी? यह एकमात्र ऐसा त्यौहार है जिसका उद्देश्य सीधे-सीधे जीवन को प्रभावित करता है। हिंदुओं ने अपने हर त्यौहार को प्रतीकों से जोड़ दिया है। संसार में शायद ही किसी समुदाय, जाति या मनुष्यता ने ऐसा किया होगा।

इस मामले में ऋषि-मुनि ख़ूब गहरे उतरे हैं। हर कर्मकांड की एक भीतरी क्रिया है और हर बाहरी विचार का एक भीतरी क्रियान्वयन है। इस साइंस ऑफ़ सेल्फ़ को जब जब भी भुलाया गया, हम त्यौहार के उद्देश्य से भटक गए और सही परिणाम नहीं पा सके। हमारे शरीर में भीतर कुछ चक्र, बिंदु और स्थान हैं जहां से मनुष्य संचालित होता और बाहरी क्रिया करके परिणाम लेता-देता है।

पहली बात यह कि हमें अपने शरीर के भीतर के इन चक्रों, बिंदुओं की जानकारी हो और दूसरी महत्त्वपूर्ण बात है इनका उपयोग करना आना चाहिए। बाहर के सारे प्रतीक ऋषियों ने भीतर की क्रिया से जोड़कर बनाए थे। अमावस्या में लक्ष्मीपूजन का अर्थ है अंधेरे में समृद्धि

के प्रकाश को खोजना। हमारी ऊर्जा नीचे के अंधकार भरे चक्रों से ऊपर के तीन - विशुद्ध, आज्ञा और सहस्रार चक्र पर पहुंचना चाहिए। जैसे ही ऐसा होता है, प्रकाश भीतर जागता ही है तथा अपने निर्णय, बाहरी कर्म आपको लाभ पहुंचाते हैं और उस लाभ का आप जीवन में सही आनंद उठा सकते हैं।

धन के साथ जब शांति भी मिल जाए तो सही दीपावली है। इसलिए भीतर के दीये की लौ की दिशा सही चक्रों पर रखें तो बाहर का लक्ष्मीपूजन अपने आप सध जाएगा।

धन कमाना बुरी बात नहीं है। ध्यान यह रखना होगा कि जिस तरीक़े से उसे अर्जित किया जा रहा है वह तो अनुचित नहीं है। उचित तरीक़े से कमाया गया धन अपने साथ शांति भी लाता है।

122

अति से बचें, संतुलन बनाए रखें

अति किसी चीज़ की ठीक नहीं, हमेशा नुक़सानदायक होती है। यह नियम अच्छी और बुरी दोनों आदतों पर लागू होता है। ऋषि-मुनियों ने अति को वर्जित ही बताया है। बुद्ध ने एक शब्द दिया था 'मंझम मग्न' यानी मध्यम मार्ग। जीवन का यह संतुलन उन्हें एक दिन वह सब दिला गया जिसके लिए उनकी पूरी तपस्या थी।

अपनी बोध प्राप्ति की अवस्था में उनसे एक प्रश्न पूछा गया था जिसका उन्होंने बड़ा सुंदर उत्तर दिया था। किसी का प्रश्न था, 'अब आपको क्या मिला, क्या वह प्राप्त हो गया जिसके लिए आपके सारे प्रयास थे?' बुद्ध ने कहा, 'नया कुछ नहीं मिला, जो कुछ मेरे पास पहले से था, पूर्व उपलब्ध था उसका ज्ञान हो गया।' वह दौलत अपने ही भीतर थी जिसे हम बाहर ढूंढ़ रहे थे। जिसके कारण बाहर निकला, वह तो मेरे भीतर निकला।

हम दो भूलें कर जाते हैं। या तो बिलकुल बाहर संसार पर टिक जाते हैं या एकदम भीतर उतर जाते हैं। ये अतियां हमारे लिए हमारे अध्यात्म की दुश्मन बन जाती हैं। आचार्य श्रीराम शर्मा संसार में संतुलन से चलने के लिए एक अच्छा उदाहरण बताया करते थे। दुनिया में ऐसे चलो जैसे पानी में हाथी चलता है। हाथी जानता है पानी में जल्दबाजी करूंगा तो कीचड़ या गड्ढे में गिर सकता हूं। लिहाजा आगे और पीछे के पैर रखने में वह गजब का संतुलन बनाता है।

ऐसा ही संतुलन हमें बाहर और भीतर की यात्रा में रखना होगा। जैसे ही हम संतुलन में आते हैं हमारी अंतर दृष्टि स्पष्ट हो जाती है और हम स्वयं को पहचान जाते हैं। स्वयं को जानते ही परमात्मा दिख जाता है। भगवान होना नहीं पड़ता, बस यह समझना पड़ता है कि हम हैं ही भगवान। ज़रा सा स्वयं का पता लगा और दुनिया बदली। इसीलिए संतुलन ज़रूरी है संयम की अति से।

अति किसी चीज़ की ठीक नहीं होती। या तो हम पूरी तरह बाहर संसार पर टिक जाते हैं या एकदम भीतर उतर जाते हैं। ये अतियां हमारे अध्यात्म की दुश्मन बन जाती हैं। बाहर और भीतर की इस यात्रा में संतुलन रखना होगा।

123

हनुमानजी की कला है निश्चिंत रहें, बेफ़िक्र रखें

संसार में सुख सभी चाहते हैं। नौकरीपेशा या व्यावसायिक वर्ग तो सिर्फ़ सुख की कामना में ही धन के पीछे भागा जा रहा है। पर सुख-दुःख को एक साथ ही समझना होगा। *श्री हनुमानचालीसा* की 22वीं चौपाई में तुलसीदासजी ने लिखा है - *'सब सुख लहै तुम्हारी सरना, तुम रच्छक काहू को डर ना।'* आपकी शरण में आए भक्त को सारे सुख प्राप्त हो जाते हैं और सारे भय (दैहिक, दैविक) दूर हो जाते हैं। जिसके रक्षक आप स्वयं हो तो उसे किस बात का डर। इस चौपाई से हमें सुख और दुःख को समझने की नई व्याख्या मिलती है।

कुछ लोगों को यह ग़लतफ़हमी होती है कि सुख और दुःख एक नहीं है। दुःख 'मैं' का दूसरा नाम है और 'मैं' आत्मा से अलग है। साधक का 'मैं' यदि हावी है तो वह परमात्मा तक नहीं पहुंचने देगा। संत दादू की पंक्तियां हैं - *'मेरे आगे मैं खड़ा थाते रहा लुकाई, दादू परगट पीव है, जे यह आपा जाई।'* परमात्मा तो हमारे सामने खड़े हैं, हम ही अपने 'मैं' की आड़ बनाकर खड़े हो गए हैं। इसलिए वह दिखता नहीं है। यह 'मैं' का आपा हमको हटाना होगा।

'मैं' नाम ही दुःख है। 'मैं' के अभाव का नाम सुख है। सुख का सही स्वरूप क्या है यह अनुभव भक्तों को *श्री हनुमानचालीसा* कराती है। हनुमानजी एक बहुत बड़ा काम करते हैं। वे अपने भक्तों के सुखों

की रक्षा करते हैं। हर आदमी की कामना है उसे सुख मिले और मिला हुआ सुख सुरक्षित भी रहे। यदि हनुमानजी रक्षक हैं तो मनुष्य निर्भय हो जाता है। श्री हनुमान के भक्तों को यह बहुत बड़ा आश्वासन है।

ख़ुद निश्चिंत रहकर दूसरों को बेफ़िक्र रखना हनुमानजी की कला है। आजकल ऐसे प्रबंधकों को पसंद किया जाता है जो रचनात्मकता के ज्वालामुखी पर बैठकर पूरे माहौल को बेफ़िक्र रखते हैं। यही हनुमंत का स्ट्रेस मैनेजमेंट है। जो लोग इसका पालन करना चाहते हैं उनके लिए हनुमानजी प्रेरणास्रोत हैं।

दुःख 'मैं' का दूसरा नाम है और 'मैं' आत्मा से अलग है। साधक का 'मैं' यदि हावी है तो वह परमात्मा तक नहीं पहुंचने देगा। ईश्वर को पाना हो तो पहले अपने आप को अपने 'मैं' से मुक्त करना होगा।

124

संसार में श्रम मार्ग है और भक्ति में विश्राम

भक्ति के मार्ग में कहा जाता है थोड़ा विश्राम कर लें। इसका अर्थ ठीक से समझ लें। व्यावसायिकता के संसार में कुछ पाना हो तो भागना पड़ेगा। यह संसार का गणित है। परमात्मा के जगत में कुछ पाना हो तो ठहरना पड़ेगा। उल्टा है, यात्राएं विपरीत हैं। रामकृष्ण परमहंस कहा करते थे जगत में प्रतियोगिता है, परमात्मा में कोई प्रतियोगिता नहीं है। अगर किसी दूसरे ने परमात्मा को पा लिया तो परमात्मा कम नहीं हो जाएंगे। हमारे लिए उतने ही बचेंगे जितना उसको पाने से पहले थे। लेकिन संसार में अगर किसी ने पद पा लिया तो पद अब नहीं बचेगा, इसलिए वहां दौड़ है।

परमात्मा को पाने में कोई शोषण नहीं है। संसार में बिना शोषण कोई उपाय नहीं है। संसार में श्रम मार्ग है और परमात्मा में विश्राम। विश्राम की दशा देखकर लोगों को लगता है यह आलस्य है। इसीलिए संसार ने संन्यासी को सदा आलसी समझा है। जो कुछ भी नहीं कर रहा है, संसार उसका मूल्य भी नहीं देता। ओशो ने इसी बात को अपने ढंग से कहा है। पूरब ने इस रहस्य को समझा कि एक और जगत भी है जहां बिना कुछ किए बहुत कुछ पाने की संभावना है।

हमारे भीतर परमात्मा पहले से हैं। परमात्मा कोई अलग से उपलब्धि नहीं है। परमात्मा हमारा होना है, हमारे होने का ढंग है। पापी में भी उतना ही परमात्मा है जितना पुण्यात्मा में। लेकिन फ़र्क़ क्या है ?

पुण्यात्मा बैठा है और पापी कोशिश कर रहा है। बुरा आदमी भी उतना ही परमात्मा है जितना भला आदमी।

संसार का गणित है कि व्यावसायिकता में कुछ पाना हो तो भागना पड़ता है और परमात्मा के जगत में कुछ पाना हो तो ठहरना पड़ेगा। संसार में श्रम मार्ग है और परमात्मा में विश्राम। विश्राम यानी ध्यान, मौन...।

125

परमात्मा को चूकना यानी दुर्गुणों का प्रवेश

मनुष्य की प्रवृत्तियों के नीचे की सतह पर विकार पाए जाते हैं। इन्हें मानसिक विष कहा गया है। काम, क्रोध, लोभ, मद, मोह और मत्सर इनमें से एक भी यदि सक्रिय हो जाए तो पूरे शरीर को दूषित कर जाता है। ये बुद्धि को तमोगुणी बना देते हैं तथा जो बुद्धि श्रेष्ठ और शुभ कार्य कर सकती है वह ग़लत मार्ग पर चल देती है। यहीं से जीवन में सद्‌गुणों और दुर्गुणों का संघर्ष आरंभ होता है।

मनुष्य सद्‌गुणों से जुड़े रहने के सारे प्रयास करता है फिर भी चूक जाता है। कहां से और कैसे सद्‌गुण जीवन में आए? इस सवाल का सीधा सरल जवाब गुरुनानक देव ने दिया है। एक स्थान पर उनके शब्द हैं - *नानक निरगुणि गुणु करे, गुणुवंतिआ गुणु दे।* परमात्मा के अलावा और कोई हमें गुण प्रदान नहीं कर सकता। वही है जो गुणहीनों को गुणवान बना सकता है तथा जो पहले से गुणवान हैं उन्हें और अधिक गुण भी यही परमात्मा ही दे सकेगा।

स्वामी अवधेशानंद गिरि कहा करते हैं जितना परमात्मा को चूकेंगे उतना ही दुर्गुणों को प्रवेश का मौक़ा देंगे, इसलिए ईश्वर से जुड़े रहने के अवसर जीवन में अधिक से अधिक बनाए रखे जाएं। जीवन में हम अधिकांश मौक़ों पर ख़ाली बर्तन की तरह हैं। अध्यात्म इस बर्तन को पात्र कहता है। पात्र हम हैं, परंतु ख़ाली। जैसे ही परमात्मा की ओर मुड़े, उसकी ओर चले, वह अपनी कृपा से इस पात्र को भर देगा।

यह रुख़ तब होता है जब श्रद्धा आती है। श्रद्धा आई तो शिष्यत्व आया। इसी शब्द का एक नाम है सिक्ख होना। नानकजी ने यही फ़रमाया है कि गुण वही देगा, बस उससे ही मांग करो। ताक़त दुर्गुण छोड़ने में मत लगाओ।

दुर्गुणों से बचना हो तो ईश्वर से जुड़े रहने के अवसर बनाए रखें। अपनी ऊर्जा इस बात में लगाएं कि परमात्मा आपमें समा जाए। वह आया तो गुण लाएगा ही और जब गुण आएंगे तो दुर्गुण अपने आप चले जाएंगे।